터미네이터 라인
덫

터미네이터 라인 덫

지은이: 권여원
펴낸이: 원성삼
펴낸곳: 예영커뮤니케이션

초판 1쇄 발행: 2015년 9월 8일

출판신고 1992년 3월 1일 제2-1349호
136-825 서울시 성북구 성북로6가길 31
Tel (02)766-8931 Fax (02)766-8934

ISBN 978-89-8350-925-3 (03810)

정가 9,000원
www.jeyoung.com

이 도서의 국립중앙도서관 출판예정도서목록(CIP)은 서지정보유통지원시스템 홈페이지
(http://seoji.nl.go.kr)와 국가자료공동목록시스템(http://www.nl.go.kr/kolisnet)에서 이용하실
수 있습니다.(CIP제어번호: CIP2015023390)

Terminator Lines
TRAP

터미네이터 라인

덫

권여원 지음

터미네이터 라인*

짐승의 혓바닥
가드바 숫자가 리더기의 입술에 닿는다
코드만 먹어도 상자나 깡통 안에 무엇이 있는지 가릴 수 있지만
모른다. 틀 안에서 자란 사각 수박은 사각사각 소리가 나는지
2프로 부족한 맛은 무엇이 모자라는지
주로 즐기는 입맛은 가드바 숫자뿐

세상이 빠를수록 나를 찾는 이들이 늘어간다
자동으로 결제되는 하이패스
스마트한 터치감으로 개찰구, 편의점, 백화점 코너
이젠 사람의 살 속까지 파고들어 몸속에 심겨진
베리칩**의 숫자도 핥는다.

새들의 노랫소리로 버드나무 흔들던 바람의 아침과
계절의 책장 넘기던 그들의 눈동자도 삭제시킬 것이다
달콤한 숫자가 라인 안에 갇히면
껍데기만 남은 염색체, 피죽바람에 색이 바래지고
나의 제국은 인간의 영혼을 넘보리라

종이나 비닐은 싱겁고 둔하지만
인간의 살 냄새는 나를 흥분시킨다
혈관을 타고 짐승의 피는 흐를 것이며 원격 조정된
그녀는 가드바 울타리에 갇힐 것이다

예수를 찌른 루시퍼의 승리가 내게 있지만, 알 수 없다
부활의 나팔소리가 왜 내 귀에 먹먹해지는지
나무가 대풍에 휩쓸려 설익은 열매 떨어지듯 별들이 쏟아지고
하늘은 왜 두루마리 말리듯 떠나가고 있는지***

얼마 남지 않은 나의 멸망 앞에 무저갱이 끓어오른다.
그럴수록 죽음의 명단을 더 많이 그러모아
그들과 함께 마그마 속으로 자폭할 것이다
두려움에 춤추는 나의 온몸을 던져서라도

* 터미네이터 라인: 통칭 "가드바"라고 하며 바코드 내에 시작, 중간, 끝부분에 숫자 6을
   가리키는데 이 세 개의 가드바가 "666"이 된다.
** 베리칩: 생체 검증을 위하여 사람의 피하에 이식하는 체내 이식용 마이크로 칩.
*** 요한계시록 6장 12-13절 말씀 인용.

| 차례 |

바위틈의 한 송이 들꽃은 바라보기도 아깝고, 바람 불면 흩어지는 벚꽃은 스치기에도 황홀하다. 피고 지는 계절의 책장은 넘길수록 새롭건만, 인간은 하나님께서 지으신 자연에 감동하는 것이 아니라 컴퓨터에 의해 조종당할 날이 가까이 이르렀다.

IOT 기술이 우리 삶에 친숙하게 실현되고 있는 이 시대는 칩과 사물과 사람이 하나가 되기 위한 시스템으로 빠르게 가고 있다. 사람이 마인드 컨트롤되는 인체 칩의 숨은 의도를 모른다면 결국 기계에 의해 정복될 것이다.

편리하고 혜택이 많다는 인체 칩의 달콤함을 내 영혼의 가치와 바꿀 수 없다.

성경의 예언대로 어느 날 문득 수많은 사람들이 동시에 사라진다면 얼마나 황망하겠는가?

휴거된 이들의 남은 흔적을 눈으로 목격한다면 얼마나 충격적이겠는가? 원하지 않아도 그날은 가까이 오고 있다 휴거 사건 이후, 인체 칩은 숨겨 놓은 발톱을 드러낼 것이다.

부여된 명령어에 의해 사탄에게 경배하도록 엔터키를 누르게 된다면 당신의 영혼은 어떻게 될지 한번쯤은 생각해 봐야 한다.

어디를 가나 바코드 읽어 내는 리더기 소리가 우리 귀에 익숙해졌다.

조금 있으면 인간을 읽는 바코드 소리가 우리 삶의 당연한 소음이 될 것이다.

당신의 영혼을 노리는 것이 무엇인지 『터미네이터 라인 딫』의 책장을 넘기다 보면 보게 될 것이다.

영혼의 언덕에서
저자 권여원(권에스더)

지금 우리는 7년 대 환란을 눈앞에 두고 있는 마지막 시대를 살아
가고 있습니다. 따라서 성도들이 필수적으로 미리 알고 긴급히 대처
해야 할 중대한 사실이 있습니다. 그것은 곧 짐승의 표에 대한 비밀입
니다.

그런데 유감스러운 것은 최근 들어 미국과 한국 교계에 짐승의 표
에 대한 잘못된 견해와 비성서적인 억지 주장과 갖가지 이론들이 많
은 성도를 영적 혼란에 빠지게 하고 있다는 것입니다. 그러므로 짐승
의 표에 대한 갖가지 그릇된 오해와 주장들은 결국 영적인 안목에서
볼 때 간교한 사탄이 마지막 때를 살아가는 성도들의 영적 무장을 완
전히 해제시키고, 혼란에 빠지게 하려는 교란 작전임과 동시에 거짓
된 미혹임을 알게 되었습니다(마 24:10-12 참조). 따라서 오늘날 한
국과 미국 교계의 혼란스러운 현실을 바라보면서 안타까운 마음으로
기도해 오던 중 뜻밖에 한국의 권여원 작가가 보내 온 "터미네이터 라
인 덫"이라는 소중한 원고를 받게 되었습니다. 받자마자 단숨에 다 읽
고 가장 먼저 성삼위 하나님께 뜨거운 감사를 드렸습니다.

출애굽기 31장 6절에 "…지혜로운 마음이 있는 모든 자에게 내가 지혜를 주어 그들이 내가 네게 명령한 것을 다 만들게 할지니."라고 하신 말씀에 비추어 보았습니다. 지혜와 총명의 신이신 성령 하나님께서 권여원 작가의 문학적인 재능 위에 지혜의 영을 충만히 부으사 마지막 시대에 이루어질 비밀들을 깨달아 알게 하시고 뜨겁게 역사하신 줄 확신하게 되었습니다.

하나님께서 권여원 작가로 하여금 장차 이 땅 위에서 실제적으로 실현될 정치, 경제, 종교의 통합, 배도와 배신, 성도의 공중 휴거, 성도의 박해와 순교, 적그리스도의 등장과 세계 짐승 정부의 출현 그리고 666 짐승의 표의 본격적인 등장, 복제 인간을 통한 창조주 하나님께 대한 정면 도전과 대적에 이르기까지 구약의 예언서와 요한계시록에 이미 예언된 모든 종말의 숨은 비밀들을 소설이라는 형식을 빌려 최대한 실감나게 파헤쳐 놓았다는 사실에 놀라지 않을 수가 없었습니다(단 12:10 참조).

부족한 종에게도 1988년경부터 마지막 시대에 주의 종들과 성도들을 깨우치라는 특별한 사명을 부어 주셨습니다. 그래서 전 세계 90여 개국을 순회하면서 복음을 외치던 중 지난 2010년경에 성령 하나님께서 특별히 짐승의 표에 대한 비밀을 확실하게 깨우쳐 주셨습니다. "지금 전 세계적으로 급속히 보급되고 있는 베리칩이 곧 장차 등장할 666 짐승의 표이므로 마지막 시대 성도들은 누구나 순교적인 신앙으로 짐승의 표를 절대로 받아서는 안 된다는 말씀을 시급하게 증거하고 선포하라."는 말씀을 주셨기에 지금까지 전 세계를 넘나들면서 짐승의 표에 대한 비밀을 전파하고 있습니다(계 13:16-18, 계 14:9-11 참조).

이와 같은 맥락에서 권여원 작가가 집필한 『터미네이터 라인 덫』을 많은 이들이 읽고 마지막 시대에 숨겨진 영적 세계의 비밀들을 깨닫고 대비할 수 있게 되기를 기도합니다.

특별히 영적 지도자 한 사람이 수많은 양들을 구원의 길로 인도할 수도 있고, 멸망의 길로 몰아넣을 수도 있다는 사실을 감안할 때, 이 『터미네이터 라인 덫』을 한국과 미국 그리고 전 세계 목회자들과 영적 지도자들에게 빼놓을 수 없는 필독서로 강력히 추천하는 바입니다.

"지혜가 여기 있으니 총명한 자는 그 짐승의 수를 세어 보라 그것은 사람의 수니 그의 수는 육백육십육이니라" (계 13:18).

이상남 목사(LA 세계등대교회 담임)

14

chapter **1**
여름우박

가장 높이 올라왔는데 행복하지 않았다.
혼자 머리를 조아리는 시간이 늘어갔다.
"하나님, 아들을 살려주시면 무엇이든 하겠습니다.
내 목숨 같은 아들이 저렇게 꺼져가고 있는데 하나님, 왜 못 본 척 하십니까?
무엇이든 당신 위해 살겠으니 제발, 아들을…"
모든 것을 가졌지만, 모든 것을 잃었다.

여름우박

두 번의 꽝음과 함께 집 한 채가 폭파되었다. 순식간에 검은 연기를 뿜어내며 불길이 치솟았다. 소방차가 달려오고 골목은 아수라장이 되었다. 일제히 물대포를 쏘아대도 불길은 쉽게 잡히지 않았다.

"저 안에 사람이 있어요. 살려주세요. 빨리!"

맨발로 달려 나와 울부짖는 오전도사, 가슴을 쥐어뜯었지만 목구멍 아래로 타들어가는 막막함을 어찌하지 못했다. 워낙 불길이 거세 소방관도 가까이 갈 수 없어 인명구조는 불가능했다. 현대제일교회 담임목사가 오전도사의 오빠였다. 오전도사는 조금 전 목사님과 통화하던 말 속에 불꽃은 이미 발화되고 있었음을 알지 못했다.

"이 늦은 시간에 누군가 택배를 보냈네."

"누가요?"

"현대제일교회 성도라고만 쓰여 있고 이름이 없어. 포장을 단단히 해서 애먹었어. 스와라브스키 볼펜 두 개가 들어있는데 이렇게 화려한 펜을 아까워서 어찌 쓸까? 굉장히 부드럽게 써지는 걸? 그나저나 누가 보냈는지도 모르니 궁금하네. 아참, 오전도사! 저번 주 새로 등록한 당뇨 환자가 다리 절단수술을 했다고 하던데, 내일 아침 심방 갈 테니 준…"

뚜뚜뚜,

사이렌을 울리며 도착한 경찰을 붙잡고 오전도사는 울부짖었다.

"우리 목사님과 사모님을 구해주세요. 좀 전에 상자하나가 배달 왔다고 했는데 통화 도중에 폭발음이 들렸는데… 이렇게 불이 났어요."

"일단 불길이 잡히면 인명구조가 최우선입니다. 진정하세요. 사고 원인은 곧 밝혀질 겁니다."

불길은 잡혔지만 검게 그을린 시신 2구가 하얀 천에 덮여 나왔다. 오전도사와 몰려든 성도들은 땅에 주저앉아 목사님을 부르며 애통해 했다.

경찰은 감식반을 통해 화재원인을 밝히려 총력을 기울이고 있었다. 워낙 성품이 자상하고 세상의 빛과 소금이 되었기에 원한을 살

만한 일은 없다고 보았다. 경찰에서도 실마리를 풀지 못해 전전긍긍이었다. 영혼의 등불이 되었던 지도자의 갑작스런 죽음에 애도를 표하는 행렬이 줄을 이었다. 경찰도 빠르게 수사를 진행시켜 나갔다. 저녁 8시경 상자를 배달했던 남자의 인상착의를 아는 사람은 돌아가신 목사님뿐이었다. 골목에 걸린 CCTV에는 오토바이를 타고 지나가는 장면이 포착되었지만 마스크와 헬멧을 쓰고 있어 알아보기 힘들었다. 다른 골목 CCTV도 검색해 보았지만 첫 번째 골목에서 나와 세 번째 골목으로 들어간 후에 사라져 버렸다. 거실 구석에서 타다만 작은 칩이 발견된 것이 전부였다.

일주일이 지나도 화인(火因)을 발견하지 못한 경찰은 폭발물을 배달했을 가능성에 무게를 두고 수사했지만 이렇다 할 단서를 찾지 못하고 볼펜으로 글씨를 써보는 중에 폭발한 것으로 추정했다. 폭발물이 집안에 이미 설치되어 있었을 것이라 예상했지만 치밀한 계획 속에 이뤄진 방화에 속수무책이었다.

다만 열흘 전 영국총리가 우리나라를 방문했을 때 기독교 단체에서 벌였던 시위에 수사 각도를 세워보았다. 현대제일교회 목사님이 총지휘하고 자금을 대었던 점에 착안했지만 이렇다 할 증거도, 범행 경로도 찾기 힘들었다.

시위에 뜻을 같이 하는 이들이 모였던 그날, 현수막이 바람에 파득거리며 몸을 떨었다. 호텔 앞에는 불안한 기운이 감돌고 하늘은 한 칸이나 가라앉았다. 피켓을 들고 있는 여인들, 붉은 십자가 띠를 두른 남자들 백여 명이 월드호텔 앞에 모여 시위를 하고 있었다. 굵은 빗방울이 떨어지기 시작했지만 어느 누구도 비를 피하려 하지 않았다. 일회용 우비를 입고 목에 핏대를 세운 시위대는 빵과 우유로 끼니를 대신하며 데모 중이었다. 경찰의 포위망에 둘러싸여 한 사람도 자리를 벗어날 수 없었다. 투입된 전경들은 방패로 사람들을 몰아붙이기 시작했다. 골리앗 같은 방패에 머리가 터지고 군화에 밟혔지만 사람들은 있는 힘을 다해 대항했다.

첫째 날 영국총리가 호텔로 들어가는 시간, 리더가 마이크를 들고 북을 치며 큰 소리로 선창했다.

We Reject Verichip!
인간을 기계화시키는 칩 이식을 거부한다
우리는 하나님이 만든 피조물이다
베리칩은 짐승의 표! 받는 순간 사탄의 지배에 들어간다

생체칩을 거부한다는 붉은 피켓이 바람에 너울가지를 치고 함성은 하늘을 찌르고 있었다. 시위대는 뜰을 지나는 총리의 행렬을 보고 타이밍을 놓칠세라 일제히 일어서서 구호를 외쳤다.

We Reject Verichip!
인간은 생체칩을 거부해야 한다

총리는 미간을 찌푸리며 지나갔다. 메가폰의 볼륨이 총리가 머물고 있는 곳을 향해 높게 날아갔다. 철통같은 경비를 뚫을 수 있는 것은 현장을 튀어나간 마이크소리 뿐이었다. 13층의 가파른 벽을 타고 따라 올라간 구호소리가 유리창을 꽝꽝 두드렸다. 그곳을 지나는 바람마저 바리게이트에 차단되었다. 검은 안경을 쓴 늙수그레한 레블린총리는 숙소로 들어가 넥타이와 셔츠를 벗어던지며 경호원에게 물었다.

"저것들 뭐야?"

"기독교단체에서 나온 사람들인데 베리칩을 반대하고 거부한답니다."

"건방진 것들! 지들이 뭘 안다고, 아무리 떠들어도 세계 권력에 도전할 수 있겠어?"

둘째 날이 되자 기자들이 달려오고 현장은 그대로 보도되었다. 지난달에 주님 오신다는 휴거설로 세상을 시끄럽게 하던 나팔선교단이 주동하여 시위를 벌인다는 기사가 헤드기사로 떴다. 외교적인 문제라 예민했던 대통령은 경찰에게 특별지시를 내렸다. 총리의 마음을 불편하게 하는 일이 없도록 최선을 다하라고.

전경 한 개 대대가 추가 배치되었고 방패와 곤봉으로 시위자들을 위협했다. 오후가 되어 북소리도 구호도 줄어들 기미가 나지 않자 시위대 리더를 먼저 끄집어 내렸다. 실랑이를 하다가 리더가 메가폰을 잡으려는 순간 전경의 방패가 메가폰을 힘껏 내리쳤다. 주위에 있던 전경들이 그 틈을 타 리더를 곤봉으로 마구 때리기 시작했다. 리더의 머리에서 피가 흘러내렸고 기자들은 플래시를 터트리며 대어를 낚은 것 마냥 여러 각도에서 찍어대기 시작했다. 전경의 눈에 띄게만 하면 여자건 남자건 가리지 않았다. 조금만 설쳐댄다 싶으면 가차 없이 몰려가 방망이로 얼굴을 치기도하고 발로 짓밟기도 했다.

여기에 투입된 전경은 안티 기독교인들로 집중 배치시켰기에 격한 몸싸움이 벌어졌다. 쓰러진 사람들이 앰뷸런스에 실려 갔고 나머지 사람들은 자리를 지키며 목이 터져라 구호를 외쳤다.

인간을 기계화시키는 칩 이식을 거부한다
우리는 하나님이 만든 피조물이다
베리칩은 짐승의 표! 받는 순간 사탄의 지배에 들어간다

총리가 시위대를 향해 오른손을 흔들었다.
"사랑합니다. 여러분! 환영합니다. 여러분!"
미소를 머금은 얼굴엔 튀어나온 광대뼈가 조명을 받아 반질반질해 보였다. 이 모습이 확산보도 되자 네티즌들은 지나친 일부 종교 집단의 시위일 뿐이라며 나라 이미지에 먹칠하는 몰상식한 행동이라는 댓글이 줄을 이었다. 자꾸만 주님 오시네 안 오시네 떠들면 법적으로 저들을 다스려야 한다는 비판의 목소리가 커졌다. 믿음 있는 자들은 확인되지 않은 왜곡된 기사라며 나팔선교단이 아니라 정당한 기독단체임을 확인하는 증거자료를 올렸다. 인터넷은 상반된 댓글로 꼬리에 꼬리를 물어 후끈 달아올랐다.

  방한 마지막 날, 목숨 내걸고 시위하던 이들을 해산시키기란 좀처럼 쉽지 않았다. 그들의 구호로 주변의 이목이 집중되었고 몰려든 시선은 편을 가르며 바라보고 있었다.
  20분 안에 해산 명령을 외치던 경찰은 물 폭탄을 터트리겠다며 협박했다. 이미 호텔 입구에 살수차를 대동시킨 경찰은 시위대들을 향해 뿌려댔다. 얼굴과 다리를 집중 공격하자 사람들은 일제히 주저앉았고 피켓은 부러지고 현수막은 찢어졌다. 서른 명이 넘게 병원으로 실려 갔지만 남겨진 이들의 구호 소리는 여전히 허공을 가득 메우고 있었다.
  마지막 저녁 만찬을 마친 레블린총리가 호텔 앞에 도착한 시간은 8시20분, 리무진이 호텔 입구에 들어서지 못하자 차에서 내린 총리는 경호원들의 호위에 둘러싸여 들어갔다. 사람들은 마지막 기회인 듯 베리칩을 거부한다고 외치며 바람에 거슬려 피켓을 흔들어댔다. 총리는 시위대를 향해 짐짓, 손을 흔들어 보인 다음 유유히 들어갔다. 총리가 사라진 후에도 사람들은 시위를 멈추지 않았다. 블라인드를 올리며 13층에서 내려다보던 총리는 또다시 손을 흔들며 그들의 구호에 비웃음으로 화답했다.

"야, 텔레비전이나 좀 켜봐라."

"강제 해산시키라고 할까요?"

"신경 쓰지 마! 제풀에 떨어지게 되어 있어. 천한 것들!"

구호와 비명소리가 섞여서 들려왔지만 옆으로 턱을 괴고 누운 총리는 텔레비전의 볼륨을 높이며 오락 프로에 빠져들었다.

"으흐흐, 저놈, 뛰다가 바지 벗겨졌잖아! 푸하하"

영국총리방한의 주된 목적이 베리칩을 구체적으로 의무화시키는 데 있어서 새세계정부의 지원을 아끼지 않겠다는 내용이었다. 그들이 사흘 동안 온 마음 다해 시위를 하는 것은 베리칩을 거부하는 이유만은 아니었다. 이미 베리칩을 받은 사람이 수월찮게 늘어가는 터라 갑작스러운 건 아니었지만 베리칩 없이는 살 수 없게 만드는 세상의 제도에 대한 반란이었다. 유명연예인을 동원한 베리칩 광고가 눈에 띄게 늘어 그들의 불안을 잠재우지 못했다. 우리나라도 선진국들처럼 건강보험을 조직화하기 위해서 첨단화된 칩의 도입이 불가피하다는 여론이 조성되었기에 영국총리의 방한에 큰 의미를 두는 까닭도 있었다.

철통같은 포위망도 풀리고 갇혔던 바람도 풀려났는지 13층의 창문이 덜컹거렸다. 한바탕 물세례를 퍼붓던 자리에는 찢어진 전단지만 바닥에 엉겨 붙어 있었다.

그날 밤, 그믐달은 유달리 차갑고 야위어보였다. 시위대가 해산한 호텔은 예전처럼 평온을 되찾았고 총리가 머무는 13층의 경계도 해제되었다. 새벽 1시가 되자 경호원이 13층 복도를 살피고 레블린총리는 군청색 사파리를 입고 흑색 챙모자를 눌러쓰고 나왔다. 비상구로 들어가 지하 3층 주차장까지 걸어 내려갔다.

세계적으로 복제인간 기술을 인정받은 강박사와의 은밀한 밀담을 위해 강박사가 대기시킨 검은색 차량에 탄 후 감시카메라의 눈을 피해 호텔 밖으로 빠져나왔다. 강변 다리 아래 작은 노들섬에 도착하자 미리 대기한 리무진 차량이 라이트도 꺼놓은 채 서 있었다. 강박사기사와 총리 경호원을 물리친 후 레블린은 리무진 뒷좌석으로 들어갔다. 강박사가 레블린총리를 만나기 위해선 그믐달 빛이면 충분했다.

"강박사의 생명 프로젝트를 적극 후원하도록 세계정부에 못박아두었으니 앞으로 강박사의 활약에 기대가 높아질 것 같소."
"감사합니다. 이번에 총리께서 새로 개편하신 조직체계를 통해 큰 수확을 기대할 수 있을 것 같습니다. 우리가 다스리게 될 세계정부의 지경이 넓어질 것입니다. 세상을 손에 넣을 수 있도록 제가 큰 힘이 되겠습니다."

총리는 강박사에게 조직의 강화를 위해 새 인물을 하나 끼워 넣으라고 지시했다.

"이미 조직은 짜여 졌는데 또 한 명을 뽑으란 말씀입니까?"

"그렇소. 지긋지긋한 기독교를 관리해야할 행동대장을 뽑아야겠소. 그는 목사여야 하고 또한 대형교회를 담임하고 있어야 하오. 적합한 인물을 선택하는데 있어 드는 비용은 충분히 지원할 테니 비밀계좌를 이용하시오."

"수많은 직업 중에 제일 말 많은 것이 목사입니다. 골수분자인 목사를 선택해야 할 이유가 있습니까?"

"강박사도 알다시피 우리 세계정부에 가장 반하는 세력은 다름 아닌 기독교인들이오. 오랜 독재를 지향해온 북한에서도 기독교인을 가장 두려워하며 심하게 탄압한 것도 다 그들 정권의 걸림돌이 되었기 때문이오. 히틀러를 생각하시오. 세계를 하나로 통합하는 일은 어찌 보면 쉬운 일이지만 독실한 기독교인은 워낙 외골수인데다가 죽음도 두려워하지 않는 강한 집념이 가장 큰 문제란 말이오. 그래서 많은 비용을 들이더라도 대형교회 목사를 포섭해야 하오. 그렇다고 해서 예수에 미친 골수분자 말고 어느 정도 융통성 있는 그런 성향을 선택하란 뜻이오. 비용은 아끼지 말고 절대 은밀히 행하시오. 자, 이것들을 받으시오."

종이상자와 서류봉투를 내밀었다. 주변이 고요해서인지 구멍이 여러 개 나있는 상자 안에서는 바스락거리는 소리가 났다.

"이것이… 무엇입니까?"

"강박사가 손쉽게 일을 처리해 나가는데 있어서 꼭 필요한 세 가지. 우리 조직라인이 제대로 힘을 발휘해야 당신도 나도 원하는 자리와 명성을 얻을 수 있소. 한국은 특히 기독교를 다스리지 않으면 세계정부를 이룰 수 없는 것이 현실이오. 교회의 커다란 조직에 스며들어 우리가 원하는 것을 얻어냅시다."

잠시 고요가 흘렀고 강박사는 총리에게서 큰 위엄을 느꼈다. 밤하늘을 삼킬 듯 커 보이는 총리의 모습은 어둠에 묻혔지만 그 눈빛만은 갈맷빛으로 빛나고 있었다.

그믐달이 창을 비집고 들어왔지만 총리의 모습을 밝혀주지는 못했다. 강박사는 자신의 연구실로 돌아가 조심스럽게 세 가지를 열어보았다.

영국총리가 다녀간 후 우리나라에도 많은 변화가 생활전반에 파고들었다. 강박사의 프로젝트에 대한 기사가 실시간 이슈검색어 1위로 올라올 만큼 관심이 증폭되었다. 강박사는 유명 단체나 언론, 방송매체에 강사로 나가 베리칩에 대한 설명회를 통해 칩이 없이는 아무것도 할 수 없는 사회에 대한 준비를 하는 것이 가장 현명한 미래사회의 구축이라 말했다. 거기에 걸맞는 신제품이 속속 앞 다투어 출시되었고 지하철에서나 텔레비전 선전에서는 베리칩에 대한 LED 광고물결이 너울거리며 사람들에게 친근하게 다가왔다.

기독교 단체에서는 칩 이식을 반대하는 성명을 계속 발표하고 베리칩이 무서운 이유에 대한 캠페인으로 팽팽히 맞서고 있었다. 강박사로 인해 세계적으로 복제인간에 대한 허용기준이 치료목적에 한해 완화되기도 했다. 상위 1%라면 복제인간을 생각해 볼 것이지만 비용은 계산할 수 없는 고액이었다. 그래서인지 상류층을 겨냥해 '또 하나의 나 만들기' 사이보그 펀드가 생겨났고 시대에 맞춰 발 빠르게 편승하는 터미네이터 적금 문의도 폭주하였다. 상조회사에서조차도 '죽음을 모르는 인간' 이라는 상품 홍보활동으로 열을 올렸다. 미래를 준비하는 기업으로 부상하려는 전략이었다.

장례식이 마무리되고 잠시 빈자리를 맡은 치리목사가 현대제일교회를 이끌어 갔다. 부요한목사가 치리하게 되었다는 소문을 듣고 눈썹이 휘날리게 달려온 사람은 최안일목사였다. 신학교 선배라 찾아가는 일은 어렵지 않았다.

"최목사! 오랜만일세. 우리 귀한 신학박사님께서 여기까지 어인 걸음인가?"

"후배가 선배님을 찾아뵈는데 까닭이 있나요? 저번에 교역자 회의 때 뵙고는 처음이지요?"

"역시 냄새는 개 코 같이 맡는구먼."

"선배님, 무슨 말씀이신지… 제가 후각이 발달하긴 했지만. 하하!"

"그래그래, 최목사는 유능한 후배 중 내가 가장 아끼는 엘리트지. 내가 치리목사가 아니었다면 나도 현대교회를 생각해 볼 수 있었을 텐데…"

"선배님 교회도 제가 부러워하는 교회 중 하나입니다. 선배님의 목회방침과 설교스타일을 틈틈이 연구하고 있을 정도지요. 선배님 설교CD로 도배를 해도 될 겁니다."

"자네 나를 또 높은 데 올려놓는구먼. 떨어지기 전에 얼른 내려놓게."

"선배님의 그 칼 있으마 넘치는 설교를 듣고 있으면 무릎을 탁, 칠 때가 많습니다. 오늘, 선배님께 한 칼 전수받으려고 왔는데 시간 되십니까?"

"응? 칼 있으마? 카리스마가 아니고!"

"하하 카리스마도 칼이 있어야 큰일을 해낼 수 있는 카리스마를 가질 수 있단 말이죠."

"듣고 보니 그렇구먼. 하하, 시간은 많지만 공짜는 안 되네. 저작권이 있어서 말이야. 자넨 평상시에도 알았지만 너울가지를 잘 치는 후배야. 내 맘을 쏙 호리게 하는 능력이 있어."

"아이, 선배님도! 제가 아부나 하려고 온 것이 아닙니다. 부요한 목사님 같은 분을 선배로 모신 것은 제겐 만남의 축복이죠. 영광스

런 선배님을 둔 값을 치러야지요. 제가 호텔로 모시겠습니다. 참치
로 예약했는데 가시지요."

"그럴까? 오늘 아침을 거르고 나왔는데 잘 되었군."

1인분에 삼십만 원을 호가하는 참치회는 최목사가 좋아하는 메
뉴이기도 하다. 매카도로와 눈다랑어 배꼽살을 맛보이며 최목사는
목회 영역을 태평양처럼 넓혀가고 있었다. 중요한 시점에서 밑밥을
뿌려놓아야 필요할 때 대어로 걸려들 수 있기 때문이었다.

담임목사로 피택되려면 원로목사, 장로, 치리목사의 승인을 얻어
야하기에 부요한목사에게 추천 부탁을 넌지시 건네자 기꺼이 약속
해주었다. 최목사는 목회계획서와 함께 값나가는 선물을 준비해 원
로목사들과 장로들을 방문했다. 미국 풀러신학대학에서 박사학위
를 취득했고 한국에서도 목회학박사를 따낸 최목사는 이력에서도
돋보였다. 신학대학에서 교수로 재직했던 경력도 있어 일차에서 좋
은 점수를 얻은 최목사는 여러 번 찾아다니며 깍듯한 인사를 아끼
지 않았다. 마지막 관문인 설교테스트에서도 군더더기 없는 내용으
로 모두의 마음을 사로잡아 좋은 점수를 얻었다.

마침내 최목사는 당당히 현대교회 담임목사로 청빙되었다. 여섯
명의 후보가 더 있었지만 실력은 비슷비슷했다. 그악스럽게 찾아다
니며 인사한데다가 좋은 학벌을 가진 최목사를 따라갈 자는 아무도
없었다. 사모와 아들 영모도 평생소원이 이뤄진 것에 대해 기쁨을

감추지 못했다. 삼일만 기다리면 취임식, 인생역전의 드라마가 아니겠는가! 최목사는 허벅지를 꼬집어보며 오랜 꿈이 펼쳐진 현실 앞에서 온몸이 바람 든 풍선처럼 부풀어 올랐다.

"여보! 정말 당신이 현대제일교회 담임이 된단 말이에요? 난, 대교회 사모가 되고? 아! 당신 공부 뒷바라지 한다고 고생했던 지난날이 꿈만 같아요. 내가 당신과 결혼한 것은 최고의 선택이었고 행운이었어요. 여보! 축하해요!"

"아버지! 축하드려요. 소원 성취하셨네요."

이제 오만 명의 성도 위에 당당히 선다는 것이 꿈만 같았는지 실없는 웃음이 입가에서 떠나지 않았다. 3일이 너무 길었다. 잠포록한 하늘마저 블루스카이, 창공을 바라보며 최목사는 모레 있을 성대한 취임식 순서를 하나하나 스케치하고 있었다. 교회 모든 권력을 장악해야 목회하기가 수월하다는 어느 선배의 말을 새기며 마음으로 목회계획도 짜고 있었다.

다음날, 가족은 백화점에 들렀다. 상류층이 즐겨 입는다는 상표에 걸맞게 양복가격도 만만치 않았다.

"마네킹이 입고 있는 것은 신상품인가요?"

"네, 모 국회의원이 입고 청문회에 출석했다가 화제가 되었던 그 양복입니다. 워낙 고가라 이 양복 때문에 다음 청문회에서 거론되어서인지 더 유명해졌답니다. 한번 입어보세요."

전문 코디네이터가 도와주며 다른 양복도 추천해 주었다.

"두 번째 양복이 마음에 드는데 이것은 얼마지요?"

"이 상품은 신상품이었는데 첫 번째 입으신 상품이 히트를 치자 10%세일에 들어간 상품입니다. 그렇지만 옷감과 짜임새는 거의 비슷한 명품입니다."

"그렇다면 세일하지 않은 이것으로 주십시오. 내일이 취임식인데 기품 있는 옷으로 입고 가야지요."

"무슨 취임식인지 여쭤 봐도 될까요?"

"내일 현대제일교회 담임목사로 취임을 한답니다."

사모가 신이 나서 끼어들었다.

"아, 네. 잘 알지요. 그렇게 큰 교회로… 정말 축하드립니다. 이렇게 귀한 VIP 손님을 모시게 되어 영광입니다. 저희가 고객관리 차원에서 내일 교회로 화환을 보내드리겠습니다. 백화점 대표이사 이름으로 갈 것입니다."

"뭐, 그렇게까지… 아무튼 감사합니다."

사모는 유명 디자이너가 만든 한복을, 영모는 펄이 들어간 정장으로 준비했다. 번들거리는 쇼핑백을 양손에 들고 에스컬레이터로 천천히 내려왔다. 백화점은 마감세일에 몰린 인파들로 북적거렸다.

올 봄엔 목련이 늦게 꽃을 피웠다. 잦은 폭설로 몸살을 앓아서인지 봄은 더디게 왔다. 봄이 왔다싶으면 꽃샘바람에 밀려 초겨울 날씨처럼 쌀쌀해졌다. 지루한 기다림 끝에 개나리가 피고 벚꽃이 피고 이어 생강나무, 산수유들이 진달래와 함께 꽃망울을 터트려 봄은 더욱 눈이 부셨다. 5월에 내렸던 느닷없는 우박으로 추위와 더위를 반복하는 계절은 종잡을 수 없는 기온으로 몸살을 앓았다.

취임식 날 새 옷으로 차려입은 최목사 가족은 들뜬 마음으로 교회의 뜰을 밟았다. 최목사는 '네가 밟는 땅을 너에게 주리라' 하신 말씀이 생각났다.

"주여 제 지경을 넓혀 주심을 감사하나이다."

최목사는 감격에 찬 목소리로 두 팔을 벌렸다.

허름해 보이는 당회장실을 새로 꾸며 달라 부탁했기에 교회 측에서는 인테리어를 새롭게 단장했다. 소파도 전에 쓰던 낡은 것은 버리고 청담동에서 선택받은 사람만 사간다는 이태리제로 들여왔으며 최고급 응접세트로 구색을 맞췄다. 몸을 기울이면 저절로 신체 자세에 맞게 침대가 되기도 하는 소파는 안마 기능까지 겸비하고 있었다. 궁전 같은 화려한 분위기는 대통령집무실보다 웅장해 보여 탄성을 자아내게 했다. 문을 열고 들어서면 모니터가 환하게 켜지며 손으로 터치, 터치하면 실내온도와 공기청정을 선택할 수 있고 미리 원하는 시간에 예약 작동 시킬 수 있었다.

각계각층에서 밀려오는 축하인사를 받느라 최목사 부부는 정신이 없었다. 얼굴도 모르는 손님이 많아 우왕좌왕했지만 그들은 최목사 부부에게 얼굴을 각인시키려 명함을 내밀며 악수를 건넸다. 여기저기 접수되는 화환이 넘쳐나 골목길이 새로 만들어졌다. 식당에는 음식준비를 하는 교인들, 안내를 맡은 젊은 성도들, 차량 봉사를 맡은 성도들이 합심하여 새 목사 취임식을 돕고 있었다. 방송국과 라디오에서 나온 취재에서도 열띤 경쟁이 있었지만 먼저 로비를 한 언론에서 좋은 자리를 차지하게 되었다.

어느새 모인 사람들은 취임식의 경건한 분위기에 젖어들었다. 취임식 중반쯤 축하말씀이 끝나고 최목사 가족이 앞으로 나와 인사하는 순서가 있었다. 성도들이 준비한 꽃다발을 한 몸으로 받으며 회중의 박수갈채 속에 인사하는 최목사 가족을 부러운 눈빛으로 모두가 축복해주었다. 우렁찬 박수가 멈추고 다음순서가 진행될 때 장내가 갑자기 소란스러워졌다.아들 영모가 인사를 한 후 자리로 들어가다 중심을 잃고 쓰러졌다. 한쪽에선 구급차를 부른다고 소동이었고 놀란 사모는 영모를 끌어안고 취임식 분위기를 생각해 얼굴 표정하나 흔들리지 않으려 애쓰고 있었다. 구급차에 실려 간 후 장로들은 소란을 잠시 진정시키고 나머지 순서를 진행시켰다.

"선생님! 우리 애가 왜 이러나요? 큰일은 아니겠지요."
"급성신부전입니다. 그동안 피곤하다는 말을 자주 했을 것입니다. 고3이라 스트레스도 많았을 것 같고… 현재로서는 치료방법이 없습니다. 이미 신장 두 개 모두 그 기능을 상실했습니다. 급한 대로 투석은 했습니다만 앞으로 이틀에 한 번 투석 받지 않으면 생명이 위독해집니다. 투석으로 인해 여러 부작용이 올 수도 있고 힘들어질 수도 있습니다. 각오하셔야 할 것입니다."

사모는 바닥에 주저앉았다. 여섯 살 난 큰 딸을 먼저 보낸 아픔이 일시에 밀려왔다. 영모누나는 다섯 살 때 다낭종이라는 희귀병에 걸렸다. 신장 양쪽에 낭종이 생기는 질환으로 고통 받았었다. 전도사 시절 돈이 없어 수술비를 마련한다고 이리 뛰고 저리 뛰다가 뒤늦게 수술을 받았지만 어린 나이에 힘든 수술을 견디지 못했는지, 일주일 있다가 세상을 떠나고 말았다. 조금만 더 빨리 수술 받았어도 살 수 있었을지 모른다는 아쉬움이 지금껏 살면서 마음을 무겁게 했다.

한참 재롱부릴 나이에 딸을 잃은 터라 영모에 대한 집착이 더 클 수밖에 없었다. 무슨 날벼락이 두 번이나 있을까 싶어, 줄줄 새어나오는 눈물을 닦았다. 그러나 이식이라는 희망이라도 있으니 견뎌야 한다고 생각하며 남편을 기다렸다.

뒤늦게 도착한 최목사가 검사결과를 듣고 숨죽이며 흐느꼈다. 하필이면 내 아들이어야 했는지, 하필이면 이렇게 경사스런 날에 쓰러져야 했는지 하필이면 수술도 안 되고 고칠 수도 없는 병에 걸려야 했는지… 최목사는 하얀 벽을 주먹으로 치며 말할 수 없는 좌절감에 입술을 부르르 떨었다. 영모에게 우는 얼굴을 보이고 싶지 않아 주차장 뒤뜰로 나왔다. 취임식의 영광이 아직 식지도 않았는데, 초상집 같았다. 죄인처럼 서서 주머니에 손을 꽂았다. 오전부터 날씨가 오락가락 해서인지 쌀쌀한 기운이 감돌았다.

유월, 장마전선의 영향으로 후끈하고 습한 날씨가 지속되려니 했는데 그날은 달랐다. 초겨울 날씨처럼 쌀쌀했다. 먹장구름이 몰려와 하늘은 금세 까맣게 변했다. 네 시가 조금 넘은 시간이었지만 해가 지려면 이른 시간이었다. 우르르 쾅, 천둥번개가 치기 시작했다. 하늘에 지진이라도 난 것 같았다. 검은 하늘이 와르르 쏟아졌다. 매서운 바람이 허공에 서서 빗물을 이리 뿌리고 저리 뿌려댔다. 양복 단추를 여미는데 작달비가 탕 탕, 우박으로 바뀌는 것이 아닌가. 최목사는 눈을 의심했다. 탁구공만한 우박이 떨어지는데 주차돼 있던 차들이 곰보처럼 파였다. 우박은 14분간 지상을 두드렸다. 넝쿨을 치며 담을 오르던 장미가 저격을 받아 우수수 아스팔트에 붉은 꽃잎을 떨어뜨렸다. 향기와 함께 꽃잎은 넝마처럼 너덜거렸다.
여름에 내리는 우박처럼 한순간에 무너진 자신이 보였다. 길가에 낭자한 저 꽃잎들이 왜 그리 측은해 보이는지. 떨어진 우박은 30분이 지나도록 녹을 생각도 안했다.

최목사는 무거운 걸음으로 응급실로 갔다. 영모는 몸을 엎드린 채 척추 옆에서 신장의 조직을 떼어내고 있었다. 큰 바늘이 신장 속으로 들어가자 영모는 비명을 지르며 괴로워했다. 사지를 붙잡고 있는 간호사 옆에서 눈물만 흘리고 있는 아내를 바라보다 최목사는 푸르르 떨고 있는 아들의 손을 잡아주었다. 의사는 최목사를 향해 말을 이었다.

"신장을 나쁘게 하는 것은 인체의 면역기능을 감당하는 세포이기 때문에 정상세포가 신장을 공격하는 것이 이 병의 특징입니다. 신장이 망가진 이상 면역억제제를 평생 먹어야 합니다."

조직을 떼고 나서 영모는 퍼렇게 질린 입술로 아버지를 바라보았다.

"아들아! 아빠가 널 위해 무엇을 할 수 있을까. 뭐든지 하고 싶은데 아무것도 해줄 수 없는 것이 너무 미안하구나."

"죄송해요. 제 걱정하지 마세요. 당장 죽는 것도 아니고… 투석을 받았더니 그나마 숨 쉬는 것 같아 조금 나아요. 경사스러운 날 저 때문에… 정말 죄송해요."

링거와 의료기를 주렁주렁 매달고 있는 아들의 숨 가쁜 소리가 새어나오자 최목사의 목덜미를 누군가 꽉 조이는 것 같았다. 현대제일교회로 피택되기까지 최목사는 정상의 자리에 오르고야 말겠다는 비전을 가슴에 품었다. 돈이 없어 어린 딸을 먼저 보낸 그로서는 물질이란 많을수록 상처를 덜 받을 수 있다는 생각을 바꾸지 않았다. 그러나 지금은 돈이 있어도 아들을 살릴 수 없음에 물질에게 뒤통수를 얻어맞은 기분이었다.

이식뿐이었다. 까마득한 이식 순서를 기다리다가 영모가 어떤 고통을 당할지 몰라 며칠 후 중국 브로커를 통해 장기를 수소문했다. 그러나 삼일 만에 계약금을 갖고 튀어버려 최 목사는 또 한 번의 좌절감에 아들을 볼 낯이 없었다.

가장 높이 올라왔는데 행복하지 않았다. 혼자 머리를 조아리는 시간이 늘어갔다.

"하나님, 아들을 살려주시면 무엇이든 하겠습니다. 내 목숨 같은 아들이 저렇게 꺼져가고 있는데 하나님, 왜 못 본 척 하십니까? 무엇이든 당신 위해 살겠으니 제발, 아들을…"

모든 것을 가졌지만, 모든 것을 잃었다.

다음날 장로님 댁으로 심방가면서 오인자전도사가 최 목사에게 말했다.

"목사님! 하나님께서 목사님을 크게 쓰시려고 이렇게 아픔 가운데 부르신 것 같습니다. 힘내세요. 저희 모두 아드님과 목사님을 위해 기도하고 있습니다. 영모는 하나님께서 치료하시고 살려줄 것입니다."

쳇, 아예 쪼그라든 신장을 어떻게 살린다는 거지? 신장을 고쳤다는 이야기는 들어보지도 못했는데, 다들 남 얘기니까 저렇게 쉽게 하는구나. 아무 대답도 하지 않고 무표정하게 창밖을 쳐다보며 생각했다. 최목사는 담임 목사 앞에서 건방을 떠는 오전도사가 마음에 들지 않았다.

심방예배를 마치자 책 출판에 대한 이야기가 한창이었다. 돌아가신 목사님의 성품과 참된 목회자 상을 기리자는 뜻에서 책이 출판되었고 오목사님의 은혜를 입은 목회자들이 기도회로 모이며 그분의 뜻을 되새기고 있었다. 책에 대한 인세는 어려운 미자립 교회에 기탁하기로 오전도사를 통해 마음을 모았다.

교회에 대한 좋은 소문이 퍼져 지명도도 높아졌고 덩달아 최 목사에 대한 인지도도 좋아졌다. 매 주일 예배실황이 기독교방송에서 방영되었다. 박사가운을 입고 설교하는 모습이 그대로 전파를 탔다. 교회 안내멘트가 자막으로 나갈 때 최목사의 학력을 흘림체로 띄우는 것도 잊지 않았다.

바쁜 일정 가운데서도 시간이 잠시 허공에 걸릴 때면 창밖을 무심코 바라보는 일이 잦아졌다. 차라리 내가 아픈 것이 낫지… 심장을 까맣게 태우는 것 같은 한숨이 가슴 가득 고였다. 창문을 닫아야 하는 어두운 저녁이 쓸쓸함을 몰고 왔는지 밖엔 가로등조차 고개를 숙이고 있었다. 소빙하기에 접어든 시기여서 그럴까 아침저녁 기온차는 사막에 있는 것처럼 종잡을 수 없었다.

chapter 2
에덴의 신도시

"클론의 제안은 충분히 솔깃하지만 제가 만약 칩 광고를 허락한다면
주위 목사들이나 교인들에게 지탄을 받을지도 모릅니다."
"절대 그렇지 않게 해드리겠습니다.
목사님이 조금만 도와주시면 아들도 살고 교회도 큰 이득이
따라오고 목사님 앞길에 탄탄대로가 열리는데 망설일 까닭이 없지요."

에덴의 신도시

환경이 파괴됨에 따라 멸종위기에 처한 토종매미들을 제치고 슈퍼 울트라 변종매미들이 자리를 잡아 불쾌지수를 한층 더 끌어올렸다. 백 데시벨이 넘어가는 소음은 내성이 강화되어 더 큰 울음소리로 뭉치려는 힘이 있었다. 변종매미는 교회주변을 위협했다. 주차장에는 거뭇거뭇한 매미들이 차바퀴에 깔리기도 했다. 차문이 열린 틈으로 변종매미들이 올라타기도 하고 사람들 옷자락에 달라붙기도 했다. 매미 곁에서 대화하면 싸우는 소리처럼 목소리가 커져 스트레스를 유발시켰다.

과실나무의 열매들은 익기도 전에 매미들의 밥이 되었고 교회 꽃밭에 들어가 꽃잎들을 뜯어 먹기도 했다. 교회 복도에도 스멀스멀

들어와 검은 기운을 뿜어내어 독한 약을 뿌려보았지만 소용없었다. 시커먼 매미들이 사람의 발걸음을 움찔거리게 만들었고 문을 꼭꼭 닫아야 하는 여름이 되었다.

7월 중순, 여름행사가 한창이어서 교육관이나 사무실은 분주했다. 학생들과 교사들로 북적거리는 교회에는 오가는 손님들까지 더해져 사무실 문이 닳고 있었다. 취임식 이후 큰 교회답게 최목사에게 밀려오는 식사 대접과 선물은 구메구메 끊이지 않았다.

공공기관과 사회봉사 단체에서 최목사에게 도움의 손길을 요청하는 일이 많았다. 교회에서 도와준 곳에서는 담임목사 이름과 교회를 홍보해주는 일을 해주었다.

선교단체 회장으로, 초교파 집회 강사로, 밀려오는 섭외로 인해 최목사 몸은 본인의 것이 아니었다. 대형교회 담임이라 보지도 않고 초청되는 일이 다반사였다. 담임 목사를 만나고 싶어 하는 부류도 얼마나 많은지 전화기에 불이 날 정도여서 아예 사무실에서 웬만한 전화는 돌려주지 않았다. 사회복지 면에서도 전임 목사의 뜻을 이어받아 현대제일교회는 앞서가는 편이었다. 배고픈 아프리카 어린이를 돕는 일에 앞장서기도 하고 교도소 죄수들을 교화하기 위한 재정도 아끼지 않고 베풀며 소년소녀가장을 돕는데 앞장섰다. 교회신문이나 종교언론사에 기사화하는 일도 교회행정부에서는 빠지지 않고 챙겼다.

　주변교회 목사들은 최목사와 친분을 쌓으려고 잦은 접촉을 시도했고 후배 목사들도 최목사에게 줄을 서려고 만날 핑계를 만들었다. 약속 잡기가 힘겨웠지만 최목사의 우선순위에 들면 언제라도 가능한 일이었다. 지위와 명예에 걸맞은 식사대접이 끊이지 않자 최목사의 입맛은 자신도 모르게 까다로워졌다. 들어오는 선물도 부엉이살림처럼 늘어가 사택은 선물 쟁여놓는 방이 하나 생겨날 정도였다. 사업을 하는 성도나 나이든 권사들이 목사를 잘 섬겨야 축복받는다고 생각해 여러 명목으로 쥐어주는 돈만 해도 한 달 사례비가 넘을 때도 있었다.
　영모일로 마음 한편이 고통 받으니 이렇게 좋은 일도 하나님이 주시는구나 생각했다. 돈이 많고 명예가 높아지면 아들을 살릴 수 있는 방법이 생길 거라는 기대감이 최목사를 더욱 열심이게 했다. 이래서 큰 별이 되려고 목사들이 박사학위를 따는구나, 생각하며 공부를 많이 한 것은 아무리 생각해도 잘한 일이라 여겼다. 아들 영모도 건강한 모습으로 최목사 앞에 있기를 간절히 바랬다. 영모가 투석 받는 것에 대해 어느 정도 너누룩해져가고 있을 무렵이었다.

　인터폰이 울렸다. 새 정부에서 찾아온 손님이라 했다. 정부에 관련되어 있다면 손해날 것은 없다고 생각하며 들이라 했다. 그저 그런 공무원은 아닌 것 같았다. 고급양복을 걸쳐 입고 흰 서류봉투를 낀 것으로 봐서 선거를 앞둔 국회의원쯤으로 생각했지만 왠지 낯이 익었다.

"처음 뵙겠습니다. 생명공학박사 강기신입니다. 새 정부에서 일하고 있기도 합니다."

"어쩐지 어디서 뵌 듯 했습니다. 생명 프로젝트 토론에 나오시고 신문, 언론에서 자주 뵈어서 그런지…. 저는 설마 했습니다. 그렇게 유명한 분이 오실 거라 생각 못했습니다. 이거, 영광입니다. 앉으십시오."

인터폰을 눌렀다. 오전도사가 차를 들이며 말했다.

"목사님, 말씀 중에 죄송하지만… 심방일지에도 올렸는데 자영업하는 정집사가 암으로 고통 받고 있어 목사님께 기도 받고 싶어하는데 언제 시간을 잡을까요?"

"오전도사, 요즘 내가 일정이 많으니까 일단 오전도사가 심방해. 손님이 오셨으니까 나중에 얘기합시다."

오전도사가 나간 후 강박사는 당회장실을 훑어보았다.

"이렇게 유명하신 분이 여기까지 어쩐 일이신지…"

"교회가 아름답고 인테리어가 참 잘 되어 있습니다. 제가 새신자라면 이 교회에 꼭 오고 싶겠는걸요. 아참 소개를 안했네요. 저는 원래 가톨릭 신자였습니다. 외국에 자주 머물다 보니까 몸담고 있는 성당에 출석하기가 쉽지 않더군요. 신부님이 돌아가시고 새로운 신부님이 오셨는데, 너무 세속적인데다가 의견충돌이 좀 있다 보니 성당을 옮길까 생각했습니다. 다른 성당을 가려고 생각해봤는데 돌아가신 어머니가 교회 권사로 충성하셨고 남은 유산으로 교회를 위해 써 달라 유언도 하셨지요. 어머니 따라서 저도 언젠가 교회로 적을 두어야겠다고 생각하던 차에 목사님의 소문을 듣고 이 교회 출석하기 위해 왔습니다."

"어떤 소문이 났는지 궁금한데요?"

"이 교회 선임 장로하고는 잘 아는 사이입니다. 전에 담임목사 청빙할 때 저에게 찾아와 목사님에 대해 의논을 한 적이 있지요."

"저에 대해서요?"

"말씀드리기 좀 쑥스럽지만 선임 장로가 담임을 청빙하는 일에 있어 여러 가지 고민을 하길래 제가 최목사님 훌륭하다고 추천해 드린 적이 있습니다만…"

"이런! 보이지 않는 후원자가 계셨다니 상당히 기분이 좋습니다. 귀한 분이 저희 교회로 오신다면 제 목회에 큰 힘이 될 것 같습니다. 차 드세요."

"취임식 전에도 그 장로님이 인테리어를 새로 해야겠다며 고민하길래 제가 가구는 특별히 선택받은 사람들만 쓰는 걸로 주문해드렸습니다."

"아 어쩐지, 너무 고급이라 저도 많이 놀랐습니다만 박사님이 그렇게 마음 써 주신 줄은 몰랐습니다. 이제야 알았네요."

"어머님이 남기신 유산으로 가톨릭 인터넷쇼핑몰을 운영하려고 마음먹었는데 이유에 대해 신부님이 좀 욕심을 표해서 제가 거부했습니다. 당회장실로 오기 전 교회를 한 바퀴 돌아보니 이 교회에 쇼핑몰이 하나 있다면 부흥에 큰 도움이 되지 않겠나, 생각했습니다."

"그러잖아도 커피숍과 서점은 제가 부임하면서부터 교회 안에 운영되고 있습니다만 쇼핑몰은 자본이 많이 필요해서 좀 시간이 지난 후에 생각해보려 했습니다."

"그런 뜻이 있으시다면 제가 자본을 대겠습니다. 이름은 교회이름으로 하고 기독교용품이나 의류, 잡화, 서적, 음향기기, 컴퓨터용품 등 교인들에게 필요한 물품들을 팔아 이윤은 5:3:2로 하지요. 제가 두 개만 가지겠습니다. 5는 교회, 3은 최목사님 가지시면 목사님한테도 나쁠 건 없겠지요."

"저야 자본도 대 주시고 이윤도 많이 주신다면야 고맙지만, 그렇게 안하셔도 괜찮습니다. 박사님이 당연히 더 많이 가지셔야지요."

"이렇게 욕심도 없으시니 제 마음이 한결 기쁩니다. 이 교회 등록하려면 뭔가 선물을 해야겠다 싶은 마음을 받아주시고 제 뜻대로 하십시오."

"어젯밤, 제가 꿈을 잘 꾸었나봅니다. 박사님은 복제인간 때문에 참 유명해지셨지요."

"네, 영원한 생명을 꿈꾸는 이들의 소원을 제가 모른 척 할 수 없어서요. 목사님의 소문을 들으니 아드님이 아프다고 들었는데, 좀 어떻습니까?"

"취임식 날 아들이 쓰러졌는데 급성신부전으로 투석을 받고 있고 일상생활이 어려울 정도로 상태가 좋지 않습니다. 학교도 그만 두고⋯ 기도하고 있으니 좋은 일이 있을 거라 생각합니다."

"저는 새세계정부에 몸담고 있으면서 복제인간을 연구하고 있습니다. 투 잡인 셈이지요. 이번에 제가 새로 연구하는 프로젝트에서 최목사님께 제안을 하나 하려고 왔습니다. 새세계 정부(New World Government) 레블린 총리께서 한사람을 선정해 복제인간을 지원해주기로 했습니다. 이 클론은 순수하게 죽어가는 사람을 살리는 치료의 목적으로 연구하는 것입니다. 얼마 전 NWG의 고문으로 계시는 원로목사님을 뵌 적이 있는데 그 분이 최목사님 아들 이야기를 하셨습니다. 목사님을 도와드리러 왔습니다."

"어떻게⋯"

설마 하는 기대감이 끓어올랐지만 내색할 수 없었다.

"급성신부전은 신장을 이식받는 것 외에는 방법이 없습니다. 처음엔 이식대기자 명단에서 제비뽑기 하려 했지만 원로목사님 말을 듣고 이왕이면 미래 교회에 큰 인물이 되실 분을 도와주는 것이 하늘의 섭리가 아닌가 싶었습니다. 남에게 이식받으면 면역억제제를 평생 먹어야 하고 부작용도 많아 오래가지 못하는 단점이 있습니다. 이번 복제인간을 만드는 프로젝트에서 아드님을 복제하고 그 신장을 이식받게 하겠습니다. 자신과 똑 같은 장기를 이식받으면 면역억제제를 먹을 필요도 없고 오랫동안 건강을 지킬 수 있으니 이보다 더 좋은 방법은 없겠지요."

"클론을 저희에게 해주신다는 말씀이신가요. 그만한 돈이 제 겐…"

"비용을 청구할까봐 걱정하셨어요? 전액 무료입니다. 또한 복잡한 서류절차도 세 장으로 간소화했습니다. 예전엔 동물에서 사람 장기를 키워 이식하는 방법으로 했었지요. 물론 비용이나 여러 면에서 이 방법은 획기적이라 할 수 있습니다. 그러나 이식 후 나타나는 비스트플루, 즉 동물 바이러스에 대한 대처방안이 마련되어 있지 않기 때문에 지독한 항생제로 처방을 내렸습니다. 그로 인해 보건당국이 긴장하고 있고 가족 모두 평생, 보건 당국으로부터 점검을 받으며 살아야 합니다. 독한 항생제는 더 독한 항생제를 필요로 하게 되고 결국 내성이 생겨 항생제마저 듣지 않게 되었습니다. 복제인간의 천문학적인 비용 때문에 보급화 되지 못했지만 이번 프로젝트만 성공하게 된다면 복제인간은 중산층들도 꿈꿀 수 있도록 그 단가를 낮출 것입니다. 물론 시간은 좀 걸리겠지만, 아드님이 그 때까지 기다리기엔 상태가 힘든 편이니 이번 클론을 통하여 건강도 되찾을 수 있다면 최목사님에게도 새 인생이 될 것 같은데 어떻습니까?"

"그저 꿈만 같아서요. 정말 그냥 해주시는 것 맞습니까? 아무 조건이 없다는 것이 마음에 걸리긴 합니다. 솔직히…"

"아, 맞습니다. 조건이라기보다는 정부의 일을 조금만 도와주시면 됩니다. 돈 드는 일도 아니고 목사님에게 손해나는 일은 더더욱 아닙니다."

계란에도 뼈가 있다고 했다. 그럼 그렇지, 마음을 가라앉히고 저들의 수법에 놀아나지 않으리라 눈동자를 굴리며 정신을 가다듬었다.

"현 상태로서는 아드님이 다른 사람의 장기를 이식받는 것은 사용기간도 짧고 몸 상태를 악화시킵니다. 면역을 억제하고 있으니 지독한 감기나 질병에 걸리게 되면 무방비상태로 무너지게 돼 있지요. 자신의 클론으로 이식 받으면 유전자가 같기 때문에 건강하게 살 수 있습니다. 제가 하는 프로젝트는 이왕 만든 클론을 장기만 떼어내고 폐기처분하는 것이 아니라 살다가 또 다른 장기에 문제가 생기면 나머지를 이식할 수 있도록 클론을 오래 보존하는 연구입니다. 혹시 모르잖습니까, 살다가 내가 심장이 망가질지 실명하게 될지, 암에 걸리게 될지, 그 때를 대비해 유용하게 복제인간의 모든 것을 활용하자는 겁니다. 이번 연구가 진행이 잘되면 아드님은 아마 이백년은 거뜬히 살 것입니다. 이 좋은 기회를 거절하신다면 어쩔 수 없지만 당장 하고 싶은 대기자만 해도 헤아릴 수 없이 많지요."

최목사의 입이 벌어지며 얼굴이 환하게 피어났다.

"이렇게 스페셜한 연구에 제 아들을 지목해 주신 것이 믿기지 않습니다. 제가 기도한 바가 응답이 된 것인지 꼭, 꿈을 꾸는 것 같습니다."

"세계 유명 연예인이나 정치가들, 돈 꽤나 있다고 하는 사람들이 저를 만나기 위한 문의가 끊이지 않습니다. 돈을 트럭으로 싣고 와도 관심 없죠. 내가 돈 때문에 클론을 만들겠습니까? 아닙니다. 영원한 생명을 꿈꾸는 인류의 지상명령을 위해, 그리고 최목사님 같이 사랑하는 가족 때문에 고통 받는 그 눈물 때문에…"

"박사님 품은 뜻이 정말 멋지고 훌륭합니다. 저는 교회 안에서만 생활해서인지 우물 안 개구리 같으니…"

강박사는 고개를 저었다.

"무슨 말씀을… 제가 사람 보는 눈은 좀 매구입니다. 최목사님은 현재와 미래사회에서 요구하는 모범적인 목회자입니다. 아무나 선택해서 큰 선물을 드리지 않죠. 제 직속상관은 영국의 레블린총리입니다. 레블린이 저를 믿고 오늘날까지 세계 위에 우뚝 서도록 밀어주시고 후원해 주셔서 오늘날의 강박사가 될 수 있었습니다. 그 많은 연구비용과 모든 배경을 만들어주신 분입니다. 저도 은혜를 받았으니 누군가에게 받은 사랑을 갚아야 하지 않겠어요? 최목사님과 좋은 인연이 된다면 목사님을 세계적인 목사로 키워 드릴 자신 있습니다. 그건 차후의 일이죠. 제가 좀 앞서갔네요."

"아닙니다. 그렇게 말씀해주신 것으로도 제겐 영광이지요. 교단의 선배님들도 그렇게 후배를 밀어주지 않습니다. 다들 자기 밥그릇 챙기기 바쁘지요. 아까 말씀하신 정부의 일이란 무엇입니까?"

"세계연방정부의 출범 이후 나라마다 여러 변화가 일어나고 있습니다. 세계 모든 나라는 앞으로 NWG에 의해 움직이도록 되어 있습니다. 세상을 하나로 통합하려면 가장 먼저 시행되어야 할 부분이 베리칩입니다. 미래 인간에게 있어 베리칩은 없어서는 안 될 중요한 도구입니다. 그런데 기독교인들이 너무 오버해서 난색을 표합니다. 짐승의 표다, 마귀다, 하면서 시위를 하지 않나 자기들끼리 뭉쳐서 개코쥐코 하질 않나… 유언비어로 앞서가는 건 따라갈 자가 없습니다. 교회에서 베리칩 광고를 할 수 있게 허락만 해주시면 됩니다. 광고는 그렇게 요란스럽게 하지 않습니다. 팸플릿을 붙이거나 광고지 나눠주는 정도로만 할 것입니다."

"몸속에 칩을 심는, 그 쌀 알갱이 같은 인체칩 말입니까?"

"네, 요즘 광고에도 많이 나오지요. 저는 앞으로 아시아를 담당하는 최고지도자가 될 것입니다. 베리칩에 관한 실적이 저의 앞길에 큰 비중을 차지합니다. 제가 최고의 자리에 오른다면 목사님을 그냥 두지 않을 겁니다. 아까도 말했듯이 세계적인 목사로 만들어드릴 능력이 제게 있으니 절 믿으십시오."

"클론의 제안은 충분히 솔깃하지만 제가 만약 칩 광고를 허락한다면 주위 목사들이나 교인들에게 지탄을 받을지도 모릅니다."

"절대 그렇지 않게 해드리겠습니다. 목사님, 기독교에서 말하는 짐승의 표는 휴거가 있은 후에 적그리스도가 나타나 표를 받으라고 강제적으로 몰아붙이는 것을 말합니다. 아직 교회의 휴거도 일어나지 않았는데 세계통합과 인간의 편리성을 위한, 첨단화된 칩을 매도하는 건 옳지 않습니다. 임플라논 칩도 얼마나 편합니까? 산부인과에서 피임을 위해 손가락 끝에 받는 칩은 괜찮고 베리칩은 안 됩니까? 다 같은 맥락의 칩인데… 유독 베리칩에 대해 칼날을 세우는 자들은 기독교인 밖에 없습니다. 그래서 세계적으로 욕을 먹고 있습니다. 목사님이 조금만 도와주시면 아들도 살고 교회도 큰 이득이 따라오고 목사님 앞길에 탄탄대로가 열리는데 망설일 까닭이 없지요."

최목사는 듣고만 있었다.

"제 사람에 대해선 끝까지 책임집니다. 목사님이 저를 만나면 독수리 날개 치듯 날아오른다는 것이 무슨 뜻인지를…"

그동안 눈물로 기도해 온 것이 이뤄지는 것 같아 입안에서 도리깨침이 넘어가고 있었지만 겉으로 내색할 수 없었다.

"혹시라도 저와 교인들의 영혼에 해가 될까 조금은 두렵습니다. 또한 교회 안에서 세상일을 광고하는 일은 없었던 것 같은데…"

"목사님! 그런 걱정은 안하셔도 됩니다. 우리가 적극적으로 홍보를 하겠다는 것이 아닙니다. 전염병이 돌면 예방접종 하라고 광고지를 붙이는 것처럼 교인들에게도 베리칩의 편리성만 알리겠습니다. 자, 이것 보십시오. 유괴범이나 성폭행, 강력범죄가 교인들에게 더 많이 발생한다는 통계자료를 가져왔습니다. 저번 달 뉴스에서 여대생을 납치 성폭행하고 토막 살인까지 벌인 사건을 알고 계시지요. 예배드리고 저녁에 귀가하다가 끔찍한 사건을 당했지만 범인의 윤곽조차 찾아내지 못하고 있습니다. 새벽예배 가는 여성들이 범행의 표적이 되고 있는 것도 현실입니다. 알츠하이머 노인들이 길 잃어버려도 위치추적이 되고요, 고질병에 걸린 환자들도 언제든지 약 처방과 관리를 받을 수 있는 베리칩을 마다한다는 것은 생명공학박사로서 이해가 되지 않습니다."

"광고를 한다는 것은 칩을 받으라고 강요하는 속셈이 들어있지 않겠어요?"

"꼭 그렇지 만도 않습니다. 우린 자유의지에 바탕을 두니까 걱정하지 않으셔도 됩니다. 본인이 원치 않으면 억지로 하지 않는 것이 철칙입니다. 또한 아드님 다니는 병원의 담당의사가 저와 친구입니다. 아드님의 상태를 누구보다 잘 알기에 드리는 말씀입니다."

이단 삼단 소리를 들을 것 같은 불안감이 잠시 스쳐갔지만 투석하며 고통스럽게 피를 거르는 영모 얼굴이 설핏 최 목사의 눈에 어려와 마음은 갈팡질팡 하고 있었다.

"목사님 오늘은 제가 그냥 돌아가겠습니다. 당장 답하실 문제가 아닌 것 같습니다. 모레까지 기한을 두겠습니다. 총리께 보고를 드려야 해서요. 생각해보시고 제안이 맘에 드신다면 오후 1시까지 저를 찾아오십시오. 대답이 없다면 이식대기자 명단 중에서 임의로 선정하겠습니다."

강박사는 열쇠하나를 내밀었다.

"이것은 특수키입니다. 제 연구실을 찾아올 때 입구마다 이것을 대야지만 들어올 수 있습니다. 마지막 관문에서는 열쇠를 아래로 가게 해서 꽂은 다음 화면의 지시에 따라주시면 됩니다. 기한된 시간이 지나면 이것은 자동으로 기능이 소멸되게 되어 있습니다. 아 참, 교회 앞에 빌라문제로 속을 많이 썩는다지요. 정부에서 개입하면 교회에 손해나지 않게 해드릴 수 있습니다. 어처구니없는 보상금을 요구한다는 것이 말이 됩니까?"

"그것 때문에 장로들하고 머리 맞대고 고민하고 있습니다. 주일이면 더 심합니다. 예배 전부터 진을 치고… 아휴 생각만 해도 머리가 아프네요."

창 밖에는 매미가 유리창에 붙어서 그악스럽게 울어대고 있었다.

강박사가 자리에서 일어서려는데 바지춤에서 무당벌레가 뚝, 떨어졌다.

"여기가 일층이라 매미에다 이런 곤충들이 자주 들어오네요. 이놈이!"

밟으려 달려드는 최목사를 보고 강박사는 깜짝 놀라 말렸다.

"아휴, 목사님! 죽이시면 안 되지요. 이것들도 살려고 하는데…"

"어! 금방 여기 있었는데 사라졌네."

당황하는 강박사가 조금 어색했지만 악수를 청하고 배웅하였다.

벚나무 잎사귀 사이로 들어온 보름달이 당회장실의 어둠을 야금야금 갉아먹고 있었다. 이럴 때 누구와 의논이라도 하고 싶지만 대교회 목사 자존심이 허락지 않아 그만두었다.

강박사가 남기고 간 유인물을 살펴보다가 멍하니 창문을 바라보고 있는데 집에서 전화가 왔다.

"영모가 몸이 붓고 혈뇨를 누고 물만 먹어도 다 토해요. 지금 응급실로 갈 테니까 당신도 바로 오세요!"

다급하게 전화를 끊었다. 최목사는 긴장의 끈을 다시금 조여야 했다. 투석 때문에 오는 부작용이었을까, 얼어버린 접시가 쫙 갈라지는 소리처럼 들렸다.

정맥주사 맞으며 요도에 호스를 꽂은 채 소변을 받고 있는 영모의 모습을 보고 있자니 피가 거꾸로 솟는 것 같았다. 아들을 위해서라면 무엇이든 못하겠는가, 아무것도 해줄 수 없는 자신의 모습이 보이자 무능한 슬픔이 뼈를 녹이는 것 같았다.

아들을 입원시켜 놓고 최목사는 당회장실로 돌아왔다. 자신감 있는 아비의 모습을 보여주지 못한 마음에 당회장실 문을 잠그고 앉아 소리 없이 기도했다. 간절한 흐느낌이 어둠을 잠시 몰아내는 듯 했지만 가뭇없는 응답만 텅 빈 적막감으로 되돌아오곤 했다. 아들의 무너져가는 몸을 생각하면 당장이라도 달려가 복제를 부탁하고 싶었다. 건드리면 눈물이 왈칵 쏟아질 것 같은 자신을 달래며 의자에 앉은 채 괭이잠을 잤다. 좋은 날이 오리라는 꿈이라도 꾸고 싶었다.

다음 날 '에덴의 신도시' 라는 인터넷 카페에 들어가 보았다. 복제인간을 사모하는 사람들의 모임인데 클론을 사기 위해 여러 정보를 공유하는 미래의 휴먼마켓이었다. 클론을 얻기까지의 모든 과정과 정보들이 있기에 가입된 회원 수만 해도 십만 명이 넘을 정도였다. 동물의 장기를 이식 받은 사람들의 후기와 복제인간에 관한 정보와 강박사에 관한 기사들이 나열돼 있었다. 여자들의 외모 콤플렉스를 클론을 통해 교체해보고 싶다는 댓글로 한줄 수다는 장사진을 이루기도 했다.

광고만 해달라는 조건은 그다지 어렵지 않았다. 단지 그로 인해 나중에 자신을 옭아매는 올무가 될까봐 걱정스럽기도 했고 이제껏 쌓아올린 목회의 탑을 무너뜨리는 불명예를 떠안게 될까봐 두려웠다. 구순했던 집안 분위기가 영모로 인해 어두워졌다.

드디어 강박사가 제시한 기한이 다가왔다. 벼랑에 서있는 아들을 못 본 채 할 수 없던 최목사가 양복재킷을 입으려는 순간 인터폰이 울렸다. 오전도사였다.

"목사님, 췌장암으로 고생하던 조권사가 위독하다고, 오서서 임종예배를 드려달라고 합니다. 언제 출발할까요?"

조권사는 현대교회에서 30년간 몸담아 충성하던 사람이기에 당연히 가야했지만 하나밖에 없는 귀한 아들을 살리기 위해 강박사를 만나러 가는 일도 놓칠 수 없었다. 지금 출발해도 빠듯한 시간인데 임종예배를 드리게 되면 클론은 포기해야 했다.

하필이면 이때 돌아가실게 뭐람, 서류를 소파에 던져놓고 머뭇거렸다. 부목사를 찾았다.

"김목사! 내가 지금 급한 서류를 넘겨주러 가야 하는데 조 권사 임종예배 좀 대신 드려주고 오세요."

난감했지만 에덴의 신도시를 꿈꾸며 출발했다. 경기도 외곽에 위치한 넓은 대지 위에 연구실이 있었다. 주차장 입구를 통과하기 위해 서류작성까지 해야 하는 까다로운 절차를 통과했지만 그럴수록 강박사에 대한 믿음이 커져갔다. 경비실에서 차로 5분정도 들어가니 연구실 건물이 보였다. 차에서 내려 보니 건물의 일부만 멀찍이 보일 정도로 숲이 우거진 그 곳은 투명하고 상쾌했다. 나무가 많아 으스스한 분위기가 마뜩찮았지만 아들을 살릴 수 있는 길이 눈앞에 있기에 어떤 어둠에도 담대할 수 있었다. 길게 뻗은 건물은 강박사가 통째로 사용하는 연구실이었다.

통제구역인 4층 건물, 엘리베이터를 누르니 키를 접촉하라는 음성이 화면에서 흘러나왔다. 열쇠를 대니 화면에 지문확인과 주민등록번호를 입력하라는 메시지가 나왔다. 마음이 급해 번호를 입력한 후 무조건 '동의합니다'에 체크를 하자 강박사 얼굴이 화면에 나왔다.

"목사님, 어서 오십시오."

우주선의 문이 열리듯 50센티미터 두께의 문이 철커덕 소리와 함께 열렸다. 강박사는 최목사를 응접실로 안내했다.

"지금 시각이 12시 50분입니다. 만약에 1분이라도 늦었다면 목사님은 저를 만나지 못했을 것입니다. 저는 약속을 지키지 않는 사람과는 절대 거래하지 않습니다. 혹시 안 오실까 해서 다른 이식자 명단을 보고 있었습니다."

"박사님 연구실 들어오기가 무척 까다롭습니다."

"네, 여긴 아무나 들어올 수 없습니다. 보안 서류가 많아, 대통령이 온다 해도 똑같은 절차를 밟게 됩니다."

"박사님! 먼저 약속해 주십시오. 광고만 하고 칩 받으라고 강요하지 않겠다고요."

"물론입니다. 저희는 스스로 내린 결정만 존중합니다. 새세계정부는 그렇게 무모하지 않습니다. 세계 평화를 위해서 인류 행복을 위해서 하는 일인데… 그렇게 사소한 걱정은 안하셔도 됩니다."
입다짐을 받은 최목사는 준비해온 서류를 내밀었다. 서류를 살펴보던 강박사가 자신 있게 말했다.

"체세포 배양하는 일과 인간으로 키워내는 일을 합치면 2, 3개월 정도면 충분합니다. 자궁처럼 생긴 젤 타입의 커다란 항아리 팩에서 분열과 성장을 반복하며 만들어질 것입니다. 기술이 점점 발달하고 있지요."

"우리 아들과 똑같이 된다는 말씀이죠?" "그렇습니다. 생긴 모양도 일란성 쌍둥이처럼 똑같지요. 생각하는 것, 말하는 것, 걷는 모습까지도 똑같이 되지요. 몸이 먼저 만들어지면 아들의 기억과 생각을 그대로 복사하는 인코딩 기술이 도입될 것입니다. 그것을 하지 않으면 언어나 생활을 가르쳐야 하니 돌발적인 행동이 나올 수 있습니다. 인코딩 기술을 선택하시려면 여기에 동의하셔야 하고 사인하셔야 합니다. 인코딩을 한 클론으로 이식 했을 때 거부감이 1%

아래로 떨어집니다. 이번 주 토요일 아들을 동문에 있는 배양실로 데리고 오십시오. 이번 연구가 성공하면 클론의 모든 몸을 알뜰하게 써먹을 수 있으니 얼마나 행복한 현실이겠습니까?"

"네, 맞습니다. 녀석이 당장 죽을 것 같아 걱정했는데 이제 오래 살 것을 걱정해야겠네요."

오랜만에 환하게 웃어 보이는 최목사의 눈빛은 안식을 갈망하는 것처럼 피곤해 보였다.

"클론이 완성되면 두세 달 정도는 집에 데리고 있다가 이식수술을 받게 해야 합니다. 인간들이 먹는 밥을 먹고 함께 생활하며 인간의 호르몬을 자꾸 활성화 시키다보면 몸에 이식했을 때 훨씬 부작용이 줄어들고 장기도 훨씬 오래 갑니다."

"아무튼, 박사님의 은혜 결코 잊지 않겠습니다. 살면서 두고두고 갚아 나가겠습니다."

"그렇게 깍듯이 인사할 줄 아는 최목사님을 선택한 것은 제게도 복입니다. 일이 잘 풀리게 되면 목사님을 세계 최고 종교지도자 위치에 올려드리고 싶습니다. 목회하시다가 어려운 일 있으면 저를 찾아오십시오. 힘닿는 데까지 돕겠습니다."

악수를 청하는 최목사의 손을 강박사가 바투 잡아당겼다. 들릴라의 손에 휘감긴 삼손처럼 머리의 기운이 빠지는 듯 강한 포스를 느

껐다. 보이지 않는 바람처럼 최목사의 몸을 휘감는 이 서늘한 스침은 무엇일까, 아들을 위해서라면 느낌 따윈 중요하지 않았다. 삼손처럼 머리카락을 팔아넘긴다 해도 아들을 살릴 수 있다면 아깝지 않을 거라고 생각했다.

chapter 3
돌탑에 새긴 사랑

"그렇게 약속한 돌을 왜 이곳에 두고 갔을까?
강풍에 넘어지고 폭우에 떠밀려갈 텐데…
약속은 돌에 새기는 것이 아니라 가슴에 새겨야지.
말만 해놓고 지키지 못할 일들이 이 세상엔 얼마나 많은데…
변하지 않는 약속이란 하나님 말씀뿐이야."

돌탑에 새긴 사랑

더위에 지친 주일 저녁, 사람들을 경악케 하는 뉴스가 보도되었다.

『오늘 새벽, 잠실 석촌호수 앞에서 귀가 움푹 잘려진 채 피 흘리며 쓰러져 있는 애완견 한 마리를 산책 나온 주민이 발견하고 신고하였습니다. 이 개에게는 RFID칩이 달려있었지만 유기를 은폐하기 위해 칩이 내장된 귀 주변의 살을 날카로운 도구로 도려낸 것으로 보고 있습니다. 동물병원에 도착했지만 과다출혈로 죽고 말았습니다. 칩으로 주인을 조회할 수 있고 유기하면 벌금형이 부과되는 것을 피하기 위해 이 같은 일을 벌인 것으로 조사되었습니다. 경찰은 호수 근처 쓰레기통에서 검은 봉지에 담긴 잘린 귀를 수거해 강남의 김모씨가 주인임을 밝혀냈습니다. 경찰조사에서 김모씨는 개가 피부병에 걸려 자신에게 옮을까봐 버릴 수밖에 없었으며 자신이 버렸음을 은폐하기 위해 이 같은 일을 벌였다고 말했습니다. 동물보호단체로 이 사건을 인계하였지만 법적인 처벌규정이 약해 벌금형으로 그칠 것으로 내다보고 있습니다. KBS뉴스 전달호입니다.』

모든 애완동물에게는 RFID칩을 의무적으로 심게 되어 있었다. 방송이 나간 후 동물보호단체에서는 애완동물에게 칩을 심는 의무화에 대해 찬반 의견충돌이 일어나 인터넷을 뜨겁게 달구기도 했다. 뉴스를 보고 있던 최목사는 과일을 먹으며 인간의 잔인함에 대해 혀를 찼다.

"사람의 탈을 쓰고 어찌 그리… 저런 것들은 콩밥을 먹여야지, 세상 법은 너무 관대해."

과일을 깎으며 듣고 있던 사모가 대답했다.

"뭐 그리 남의 일에 흥분하세요? 내일부터 축복새벽예배가 시작되는데 설교 두 번 하시려면 일찍 주무셔야 해요. 아참, 그리고 오전도사… 마음에 안 들어 속상해요. 전도사면 전도사지 어디 담임목사 사모를 가르치려 들어요? 내가 그래도 대교회 사모인데 나보다 윗사람처럼 굴어 자존심이 상했어요."

"하여튼, 여자들은 왜 그리 속이 좁아? 당신이 윗사람이니까 그러려니 이해하고 넘어가야지."

"당신, 얼마 전에는 오전도사 마음에 안 든다고 하더니… 그 사이 마음이 변했어요?"

"영모만 건강해진다면 뭐가 어떻든 무슨 상관이야. 모든 일을 감사하게 생각하려고. 얼마 전에 나한테도 가르치려 들어 한마디 하려다 참았어. 전임 목사 동생이라고 교회 실세를 쥐고 있다고 생각하는 것 같아. 내가 이 교회 담임이라는 게 아직 적응이 안 되겠지. 오빠를 잃은 충격이 남아있지 않겠어? 좀 두고 볼 거야. 당신도 전도사 하는 소리 마음에 담아두지 마."

"알았어요. 오늘, 새신자 등록 많이 했더라구요. 당신이 이 교회로 부임해서 부흥하고 있으니 제 어깨도 올라가고 하나님께 너무 감사해요. 이건 당신이 능력 있음을 입증하는 것 아니겠어요?"

"전에는 교회에 예배 공간 외에는 문화공간이 전혀 없었잖아. 내가 온 이후로 성도들이 즐기고 휴식할 만한 공간을 만들었더니 반응이 참 좋아. 거기다 쇼핑몰을 운영한다고 하니 교회이름도 알려지고 철새 성도들이 우리교회 와서 정착하게 되는 이유도 없지 않아 있지. 앞으로도 교회이름을 알릴 수 있는 문화공간을 계속 만들 생각이야."

"우리 교회 성도들에게 쿠폰혜택을 준다니까 교인들이 참 좋아해요. 내일 새벽부터 열리는 축복새벽예배도 기대를 많이 하는 것 같아요. 우리나라 성도들 복이라고 하면 껌벅 넘어가잖아요. 어서 들어가서 설교준비나 더하세요."

최목사는 마음을 가라앉히고 설교준비 마무리를 위해 서재로 들어갔다. 여름철 느슨해진 신앙에 영적인 힘을 더하기 위해 현대제일교회는 이맘때면 특별새벽예배를 가졌다. 최목사가 부임한 이후엔 영성 부흥회나 성경공부를 없애고 축복시리즈집회를 계절별로 연이어 열도록 일정을 잡았다. 물질의 복, 사업의 복, 가정의 복이 임하는 성도가 되자는 명목으로 복 받는 비결에 대해 중점을 두었다. 2주전부터 교회 입구에 현수막을 걸어두며 온 교인의 참여도를 높이려 했다.

그 시간대를 알고 베리칩 홍보요원들은 새벽기도 한 시간 전부터 교회 앞에 나와 광고지를 나눠주었다. 한쪽에선 건강 한방차를 무료로 나눠주며 한쪽에선 똑같은 옷을 차려입은 사람들이 선거유세라도 하듯 일렬로 서서 성도들에게 공손히 인사하였다. 조금 당황스럽긴 했지만 워낙 친절한 행동에 사람들은 그다지 거부감을 느끼지 못하며 나눠주는 유인물을 성경책에 꽂고 들어갔다. 벌써 교회 게시판에는 칩 전단지가 붙어있었고 교회로 들어서는 대로변에는 현수막이 바람을 밀쳐내며 펄럭이고 있었다.

— 우리가 꿈꾸던 시대가 옵니다
  베리칩으로 온 가족의 행복을 지킵시다 —

언론매체나 광고를 통해 베리칩에 대한 홍보가 한창이었기 때문에 심한 거부감을 나타내는 사람은 보이지 않는 듯 했다. 공무원이나 컴퓨터 분야, 대기업에 종사하는 사람들은 직장생활을 원활하게 하기 위해 스스로 줄을 서서 칩 받는 이들이 늘어갔다. 교회 앞에서 당당히 사탄의 전략을 광고하는 것은 성전 앞에서 비둘기 팔던 상인들의 모습이라며 어찌해야 할지 한탄하는 사람도 더러 있었다.

전임 목사의 말씀에 은혜를 입은 소수의 교인들은 요한계시록의 말씀을 예민하게 생각하여 교회로 찾아가 항의하였다. 거기에 맞춰 칩에 대한 상담을 전담으로 해주는 관리자도 경비실에서 항시 대기하며 통계자료를 보여주었다.

"집사님, 이것은 성경에 나오는 짐승의 표가 아닙니다. 교회 재적서류나 헌금봉투에 바코드가 붙어있지 않습니까? 짐승의 표라면 왜 교회에서 바코드를 사용하겠습니까? 마트에서 물건살 때 산더미같이 카트에 담고 검색대를 지나가기만하면 저절로 계산이 되는 이 편리함을 누리셔야지요."

가만히 듣고 있던 집사는 아무 말도 못했다.

"모든 물류센터에도 바코드 없이는 유통이 어렵습니다. 이제 이 세상은 바코드 없이는 돌아가지 않는 것이 현실입니다. 현금거래에서 신용카드로 발전된 것과 같이 더 다양한 혜택과 첨단 의료 기능까지 갖춰진, 업그레이드 된 신용카드라고 생각하시면 됩니다. 위조지폐, 가짜수표가 판을 치는 세상에 베리칩은 자신의 재산을 확실하게 보호해 줍니다. 또한, 내 모든 재산과 은행업무, 신분증, 의료기록을 담을 수 있는 미래사회의 기초입니다. 가정, 직장, 교회, 모든 것이 네트워크로 연결할 수 있는 첨단기술의 시작이지요. 미아방지는 물론이요 치매 걸린 부모님도 잃어버릴 염려가 없습니다. 내가 만약 길에 쓰러져 응급실에 갔을 때 스캐너만 대어도 다른 병원에서 검사한 기록까지 다 뜨기 때문에 새로 검사할 필요 없이 의료혜택을 받을 수 있지요. 편리성, 시간 단축과 비용절감, 이 모든 혜택을 누릴 수 있는 것입니다. 이 팸플릿을 보시면 나머지 궁금증이 해결 될 것입니다."

약장수처럼 떠드는 말에 반박할 말이 떠오르지 않았다.

"그래도… 성경에서는 표를 받으면 지옥 불에…"

뒷걸음칠 수 없는 신앙의 자존심으로 인해 집사는 식은땀이 흘렀다.

"집사님이 말씀하시는 그 짐승의 표는 믿는 자들이 휴거되고 남은 자들이 받아야 할 표를 말합니다. 7년 대환란이 시작되어 강제로 표를 받지 않으면 사형에 처하기도 하는 끔찍한 때를 말하지요. 아직 휴거가 없기 때문에 안전합니다. 저를 믿으십시오. 이것은 짐승의 표가 아닌 정부에서 모든 행정과 관리를 통합된 시스템으로 끌고 가기위한 첨단 기술이고 인간의 유토피아를 건설하는 수단일 뿐입니다."

따지러 들어갔던 집사들은 하나같이 고개를 갸우뚱하며 나왔다. 그 때 오인자 전도사가 관리자를 찾아왔다.

"이것 보세요! 여긴 예수그리스도께서 살아계신 성전이고 예배하는 곳입니다. 어찌 짐승의 표를 광고할 수 있으며 교인들을 현혹하여 끌어들일 수 있습니까? 당장 철수하고 나가세요. 어서요!"

맵찬 오전도사의 말에 관리자는 눈을 흘기며 나갔다. 오전도사는 교회게시판에 붙어있는 칩 광고를 찢은 후 그래도 시원치 않아 불에 태워버렸다. 오전도사에게 쫓겨난 것을 새정부에서 알고 관리자가 최목사에게 연락했다.

"목사님! 이거, 약속한 것과 좀 틀려서 우린, 강박사님에게 보고를 올려야할 것 같습니다. 광고만 조용히 하겠다는데 글쎄, 그 할망구 같은 전도사가 우릴 쫓아내고 광고지도 모두 불태웠지 뭡니까?"

거드름피우는 관리자 앞에 최목사도 할 말이 없었다. 전도사를 교육시킬 테니 걱정 말라며 전화를 끊었다. 최목사는 어떻게 중재역할을 해야 할지 난감했다. 다른 사람 같으면 사표 받으면 그만이지만 오전도사는 그럴 수 없었다. 전임 목사에 대한 신뢰성과 믿음이 워낙 탄탄하기 때문에 잘못 건드렸다가는 장로들이나 교인들에게 미움을 살 수 있기 때문이었다. 자신의 입지가 굳건해 질 때까지 두고 봐야겠다고 생각했다.

앞뒤가 꽉 막힌 오전도사를 보면 최목사는 숨이 턱, 막히는 것 같아 오전도사를 곱게 바라보지 못했다. 일단 오전도사를 불렀다. 당회장실로 들어오는 오전도사의 표정엔 흔들림이 없었다. 결재 서류에 도장을 찍으며 최목사가 말했다.

"오전도사, 부교역자 역할이 뭐라 생각하지?"

"… 목사님 목회방침에 순종하는 것입니다."

"그래, 잘 아시네, 그렇다면 이번 일, 그냥 넘어가면 안 될까? 나 요즘 영모 때문에 머리도 아프고 마음 힘들다는 것 누구보다도 오전도사가 잘 알거라 생각했는데, 밖에서 저 일을 담당하는 새정부 최고 권위자가 우리 아들 담당의사와 친구사이야. 영모를 위해 애쓰는데, 아들을 살릴 수 있는 방법을 찾아준다는 사람한테 그렇게 매정하게 내쳐서는 안 된다고 생각해. 오전도사도 자식 있으니 내 맘을 잘 알 텐데…"

오전도사가 말이 없자, 최목사는 말을 이었다.

"잘못된 목회방침도 때로는 교회에 약이 되고 득이 될 수 있다고 생각해. 새정부에서 우리 교회를 얼마나 지원해주고 도와주는지 몰라, 앞에 빌라문제도 조용히 끝날 수 있게 힘써준 사람이 새정부 측이야. 주일마다 데모하는 주민들 등쌀에 얼마나 골치가 아팠는지 오전도사도 오래 겪어서 잘 알잖아. 주민들의 요구조건에 응하려면 교육관 하나 짓고도 남을 걸. 우리가 입을 손해를 생각해봐. 그들이 우리 교회가 유리하도록 많이 도와주고 있단 말이지."

"아무리 손해가 난들, 잘못된 영이 교회 안에 들어오는 것을 허락해서는 안 된다고 생각합니다."

"내가 부교역자 시절엔 담임목사가 팥으로 메주를 쑨다고 해도 그 방침대로 따라했고 아무 토를 달지 않았어. 왜냐, 그건 오전도사가 나중에 교회를 개척해서 자신이 원하는 스타일로 목회하게 되면 그때 그 이유를 알게 될 거야. 만약에 오전도사가 자꾸 토를 달고 시끄럽게 만든다면 오전도사랑 일 오래 못할 것 같아. 내 말 무슨 말인지…"

최목사 말에 오전도사는 입술이 떨렸다.

"그렇지만 목사님, 이건 요한계시록에 나오는 그 짐승의 표가 맞습니다. 어찌 그런 일을 허락해주실 수 있는지 저로서는 이해가 되지 않습니다."

"짐승의 표는 휴거 이후에 나오는 거야. 이건 미래사회를 이끄는 하나의 방법일 뿐이야. 잘 알고 반대해야지."

하고 싶은 말이 많았지만 오전도사는 최 목사의 눈빛을 거스를 수 없었다. 대화를 이어갈 수 없는 최목사의 신앙관이 오전도사를 뒷걸음질 치게 만들었다. 더 말하면 역효과가 날 것 같아 오전도사를 돌려보냈다.

새벽예배 때 이어서 하던 본문을 덮고 신명기 말씀으로 바꿔 설교하였다.

"어젯밤 당회장실에서 기도하는데 갑자기 붉은 빛이 저를 둘러쌌습니다. 하나님의 영광이 기이하여 '주여 말씀 하옵소서 제가 듣겠나이다' 했더니 큰 음성으로 제게 말씀하셨습니다. 하나님 나라를 위해 큰일을 시작할 것이니 순종하는 자들을 모으라, 내가 그들을 축복하리라! 말씀하셨습니다. 누구라도 불순종하여 낙오되지 않도록 순종함으로 축복의 반열에 들어가는 여러분 되시기를 축원합니다."

아멘! 아멘! 힘을 얻은 최목사는 하나님이 보내신 목회자에게 순종해야 복 받지 그렇지 않으면 악한 자의 계략에 넘어가는 거라며 목사가 가는 길을 보고 따라오라 새벽마다 전하였다.

오전도사는 오직 기도로 영적인 싸움에서 견뎌야한다며 밤이 늦도록 교회와 목사, 성도들을 위해 기도했지만 가슴이 아팠다.

"주여! 어찌하여 주님의 성전 안에서 이런 엄청난 일들이 일어나는 것입니까? 짐승의 표가 어찌하여… 주님! 말씀으로 교회를 돌이켜 주옵소서! 십자가가 살아있는 교회로 다시금 회복시켜 주옵소서."

지친 몸으로 새벽공기를 가르며 돌아가는 오전도사의 발걸음이 무거웠다. 늘어선 나무들이 떠오르는 태양에 붉게 흔들리고 있었다.

이제 영모도 투석에 대해 적응이 되었는지 가끔 산책도 가고 전자상가를 둘러보기도 했다. 학교를 휴학해서인지 무료한 시간은 쉽게 흘러가지 않았다.

"영모야! 무리가 안 된다면 교회에서 성가대라도 하면 어떠니? 엄마는 너의 테너 실력이 아까워서 말이야."

내키지 않았지만 시간 때우러 교회에 나갔다가 옆에 앉은 진주를 본 다음부터는 토요일 성가대 연습을 기다리게 되었다. 진주는 소프라노, 영모는 테너, 그 경계선에 자리가 배정되어 서로를 바라볼 수 있는 기회가 많아졌다. 처음엔 서먹해서 말을 아꼈다. 영모는 악보를 잘 못 보는 척 진주에게 자주 질문을 했고 그녀는 친절하게 답해주었다. 성가대 연습이 끝나면 뒷정리를 하던 진주는 제일 먼저 도착해 마무리까지 끝내는 성실한 청년이었다.

하얀 발등이 보이는 웨지힐은 영모가 좋아했던 교생을 떠오르게 했다. 민낯의 청순함이 묻어난 뽀얀 살결은 영모로 하여금 어금니를 꽉 깨물게 했다. 나란히 앉아 있으면 둘만 성가대실에 존재하는 것처럼 그녀밖에 보이지 않았다. 맑은 비누 향은 그녀가 영모를 부르는 향기 같았다. 파우더 가루가 묻어날 것 같은 달빛 같은 얼굴, 물빛에 아른거리는 눈동자에 영모는 초점을 잃었다. 그동안 딱히 필이 꽂히지 않았던 여자들을 그럭저럭 흘려보낸 것이 얼마나 잘한 일인가? 그녀를 만나기 위해 먼 길을 돌아왔던가. 이제 진주는 내 손안에 있다고 다짐하고 또 다짐했다. 순식간에 악보는 두 장이나 영모의 의지와는 상관없이 지나치고 있었다.

성가대가 끝나면 영모는 아버지를 만나야 한다는 구실을 만들어놓고 남은 시간을 성가대실에서 기다렸다. 먼저 말을 꺼내고 싶었지만 잔머리를 굴리던 평소의 모습은 어디가고 머리에 과부하가 걸린 듯 회전이 되지 않았다. 그때 진주의 휴대폰 전원이 이유 없이 꺼졌다 켜지기를 반복했다. 난감한 진주는 이것저것 눌러보았지만 작동이 되지 않았다.

"이상하다. 배터리가 충분히 있었는데…"

영모는 기회를 놓칠세라 다가갔다.

"제가 기계를 잘 만지니까 봐 드릴게요."

영모는 평소에 어깨 너머로 들었던 방법을 써가며 진지한 모드로 진주의 일을 봐주었다. 어찌하다보니까 전원이 켜졌다.

"저한테 전화 걸어보세요. 테스트해보게요."

영모는 자연스럽게 진주 번호를 딸 수 있었다.

"이제 잘 되네요. 갑자기 전원이 왜 고장났을까? 아무튼 감사합니다."

"그렇게 감사하시면 다음에 원두커피 한 잔만 뽑아주세요."

이토록 해맑게 웃을 수 있을까, 영모는 세상의 절반을 가진 듯 가슴속이 울렁거렸다. 그렇게 진주를 보내고 나니 일주일을 어떻게 기다릴지 막막했다. 앞으로 친해지면 무엇을 물어보고 무엇을 먹으러 다니며 어떤 이야기를 할까, 온통 그녀 생각뿐인 영모는 저절로 피가 걸러지는 듯 힘이 솟았다.

토요일이 되면 정성스럽게 머리손질을 했고 아버지가 사준 명품 옷을 입고 가장 신선한 피를 공급받은 것처럼 최상의 컨디션을 유지하려 애썼다.

소프라노 연습이 시작되면 영모는 스크린을 바라보는 척하다가 힐끔 진주의 옆모습을 확인했다. 그녀의 하얀 손등을 떠받들고 걸어가고 싶은 마음을 억누르느라 얼마나 입술을 앙다물었는지, 아무도 모를 것이다.

진주의 티 없는 소프라노 음색은 영혼까지 맑게 하는 것 같았다. 영모는 고개를 끄덕이며 감상했다. 어쩌다 진주가 영모 쪽으로 펜을 떨어뜨리면 심박 수가 배로 증가하는 듯 가슴에 통증마저 밀려왔다.

연습이 끝나고 성가대 단합대회가 있었다. 교회 앞 마루한정식에서 7시까지 모이기로 되어 있었다. 여느 때와 같이 진주는 뒷정리를 하고 있었다. 영모는 사람들이 나갈 때 우르르나가 화장실에 들렀다가 되돌아와 성가대실에 혼자 있을 진주에게로 다가갔다.

"오늘은 정리할 것이 많지 않네요."

"…"

가운을 정리하고 있던 진주가 갑자기 의자를 붙잡고 앉아 입을 가렸다. 코에 동맥이 터져 수돗물 흐르듯 피가 쏟아지고 있었다.

"어! 코피가 왜 이리 많이 쏟아지는 거야?"

영모는 손수건을 대었지만 순식간에 젖어 소용없었다. 피를 많이 흘려서인지 몇 분이 지나자 진주의 낯빛이 하얗게 질려가고 숨이 차올라 눈동자가 커지고 있었다. 영모는 문밖에 나가 사람 없냐고 소리치다 들어와 보니 진주가 쓰러져 있었다. 지혈할 틈도 없이 진주를 안고 뛰었다. 핏방울이 복도에 떨어지고 있었다. 어떻게 내려 갔는지 몰랐지만 저기서 성가대장이 영모를 향해 소리쳤다.

"영모야! 너 갑자기 힘쓰면 안 되잖아. 거기, 이 선생! 빨리 구급 차 불러. 빨리!"

성가대장은 진주를 안고 나가 도착한 구급차에 태워 병원으로 향 했다. 진주는 응급실에서 처치를 마치고 수혈을 받으며 잠들었다.

"어떡하지? 내가 성가대장이라 가봐야 …"

"형! 걱정하지 말고 어서 가. 내가 깨어나는 것 까지 보고 갈게. 나중에 전화해줄게."

진주 곁을 지키며 보호자서명란에 사인하고 병원비를 계산했다. 베리칩을 받은 사람은 진료비에서도 많은 혜택이 주어지지만 칩이 없는 이들은 차별을 받아야했다. 칩을 받았다면 40% 정도만 내고 칩이 없으면 전액 환자부담이 되어야 했다. 영모가 아니었다면 진 주는 병원비 때문에 많이 난처했을 것이다.

진주의 고향집은 강원도 영월이었다. 아버지는 일찍 돌아가시고 어머니 혼자 시골에서어렵게 살고 있어서인지 진주는 깨어나자마 자 집에 알리지 말아달라고 부탁했다. 수혈을 받고 있는 진주에게 의사가 다가왔다.

"혈액도 많이 부족하고 영양상태도 좋지 않습니다. 조금만 더 피 를 쏟았다면 큰일 날 뻔했습니다. 잘 먹고 잘 쉬어야겠네요. 코피가 나지 않도록 무리하지 않는 것이 우선입니다. 처방한 약으로 일주일 지내보시고 외래로 오셔서 필요한 검사 한 번 더 해주세요. 코피가 많이 나면 바로 병원으로 오셔야 됩니다."

어느 정도 몸을 추스른 진주는 퇴원했다.

"정말 실례가 많았습니다. 감사한 마음을 어떻게 갚아야할지 모르겠어요. 병원비는 다음 달 아르바이트 비 받으면 드릴게요. 저는 여기서 버스타고 갈게요. 그럼"

영모는 혼자 버스를 타고 가겠다는 진주를 바투 잡아당기며 앞에 있는 택시에 태웠다.

"오늘은 제가 하라는 대로 따라와요. 그 몸으로 버스 탔다가 또 쓰러지기라도 하면 그 땐 어떻게 해요. 피를 많이 흘려서 절대 안정이 필요하다는 말씀 못 들었어요?"

흥분한 영모의 말에 놀란 진주는 아무 말도 할 수 없었다. 진주가 다니는 대학이 서울이라 자취를 하며 지냈지만 형편이 어려워 친구 로미가 구한 자취방에 함께 있으며 공과금만 내고 살고 있었다. 고등학교 때부터 친구인 로미는 대학에 떨어져 재수하다가 막바지 준비를 위해 노량진 근처 도서관에 있어서 집을 비운 상태였다.

영모는 진주를 집에 눕힌 뒤 영양이 될 만한 음식들을 사왔다. 부담스러워하는 마음을 알면서도 진주가 머무는 곳이라면 영모에게 천국이었다. 전복죽을 함께 먹으며 이야기를 나누었다. 진주가 학비에 보태기 위해 아르바이트를 한다는 말을 듣고 영모는 자신의 부유함으로 진주의 마음을 살 수 있으면 좋겠다고 여겼다.

"당분간 아르바이트는 쉬도록 해! 내가 요즘 학교도 쉬고 있어 지루했는데, 진주를 만나 생기가 도는 것 같아, 우리 이제 친해졌으니 말 놓자. 응?"

"그래, 근데 왜 휴학했어?"

"그냥 몸이 좀 부실해서, 걱정할 정도는 아니야. 조금 있으면 건강해질 테니까 난 걱정 안 해. 그동안 아버지가 주신 용돈을 안 쓰고 모았더니 중고차 한 대는 사고도 남을 것 같아. 네가 건강해질 때까지 내가 옆에 있을 테니 아르바이트 같은 건 할 생각도 하지 마. 몸과 마음을 쉬게 해야 하니까 나랑 놀러 다니고 성경공부도 하고 그러자. 응?"

"동생하고 노는 건 사양할게."

"야! 요즘 세상에 한 살 차이가 뭐 대수라고, 내가 철이 더 들었으니까 네가 나한테 오빠라고 불러! 그게 싫으면 친구야."

"예예! 오라버니, 그런데 신세를 많이 져서 미안해서 어쩌지요?"

"우리 사이에 무슨? 네가 정 부담스러우면 나중에 취직해서 5부이자로 갚아. 그 전엔 아무 말도 하지 마! 알겠지?"

진주는 애써서 시선을 다른 쪽으로 돌렸다.

"난방 좀 돌려야겠다. 냉골에 골병들겠다."

"아니 괜찮아. 나 혼자니까 안 틀어도 돼. 몸에 익어서 오히려 따뜻하면 감기 걸려."

발그레해진 볼을 보니 이제야 핏기가 도는 듯했다. 지쳤는지 어느새 잠든 것을 보고 영모는 집으로 돌아갔다.

이틀 후 진주에게 전화를 걸었다.

"진주야. 몸은 어때?"

"응, 네가 사준 영양식 먹으니까 힘이 생겼어. 고마워. 은혜는 꼭 갚을게"

"내가 스승이냐? 은혜 갚는 다는 소리하게, 그러지 말고 나랑 바람 쐬러 춘천가자. 그 전부터 가고 싶었는데 여자 친구 생기면 가려고 아껴두었어. 이따 10시 30분까지 역으로 나와, 내가 문자로 자세한 장소 남겨둘게. 아참 너 핸드폰에 나오는 음악, 제목이 뭐였지?"

"내가 제일 좋아하는 노래야. '10월의 어느 멋진 날에' 가사가 아름다워. 조수미의 감미로운 목소리는 나를 설레게 해."

"조수미보다 더 감미롭게 이 오빠가 불러줄게. 준비하고 나와라."

새로운 마음의 충전이 필요했던 진주는 무언가에 끌린 듯 역으로 향했다. 가끔 혼자 여행을 했지만 누군가 동행한다는 사실에 약간은 설레었다.

창밖엔 푸르던 곡식이 어느새 노을처럼 익어가고 짙푸른 녹음은 울긋불긋 물들어가고 있었다. 가을로 들어서는 계절, 남자친구와 함께 떠나는 일이 익숙하지 않았던 진주는 서먹한 공백을 무엇으로 채워야하는지 몰라 데이트가 낯설기만 했다.

"진주야! 춘천 가본 적 있니?"

"가끔, 눈물 나는 일이 있을 때 떠돌아 다녀. 혼자 여행하는 걸 참 좋아하거든."

"이제부터 이 오빠가 너의 안위를 책임지마! 험한 세상에 혼자 다니면 위험해. 너의 영원한 보디가드, 나 최영모."

"정말 내가 위험에 처했을 때 바로 달려와 줄 거지?"

"Of course!"

"약속해. 도장 꾸욱! 복사, 그리고 스캐너까지 쭈욱!"

"넌 이제 품절이야. 조신하게 나만 따라와. 알겠지?"

"생각해볼게. 지금 품절되기엔 내 젊은 날이 너무 아까워."

"여기 든든한 보디가드가 있는데 뭘 고민해. 오빠가 노래 불러줄까? 네가 좋아하는 10월의 어느 멋진 날에."

"그 노래 원곡도 있는데 우리나라에서 부른 게 더 아름다워! 내가 가을을 제일 좋아하잖아. 낙엽 바스락거리는 소리만 들어도 눈물 날 것만 같아. 가을을 심하게 타서 나도 모르게 붉게 물든 가을 속에 서있을 때가 종종 있어."

"가을여자구나! 잘 들어봐, 오빠가 테너로 네 마음에 깔아줄 테니까 넌 소프라노로 시작해."

영모는 진주의 눈동자 속으로 들어가 가사의 주인공이 되고 있었다.

— 가끔 두려워져 지난 밤 꿈처럼 사라질까 기도해
　매일 너를 보고 너의 손을 잡고 내 곁에 있는 너를 확인해
　창밖에 앉은 바람 한 점에도 사랑은 가득한 걸
　널 만난 세상 더는 소원 없어 바램은 죄가 될 테니까 —

"오빠가 너에게 뭘 더 바라겠니. 바램은 죄악이야. 네가 존재한다는 것, 내 곁에 있다는 것 그거 하나가 나를 존재케 해."

"처음부터 서로를 너무 갈망하게 되면 깨어지기 쉽대. 난 언제나 그 자리에 서 있을래. 노랫말은 참 중요한 거 같아. 슬픈 노랠 부르면 슬퍼지고 아름다운 노랠 부르면 꿈결처럼 아늑해져. 어떤 노래를 들으면 눈물 나고 우울해지는데 이건 안 그래."

"가사만 멋지냐? 이 오빠 목소리는? 솔직히 난, 가을은 별로야. 쓸쓸하고 스산하고, 거기다 비보까지 날아와 봐라. 슬픔은 배가 된다. 난 어려서 기억은 잘 안 나는데, 우리 누나가 있었대. 여섯 살 때 죽었는데 그때가 가을이었나 봐. 그래서 엄마 아빠 모두 가을을 싫어해."

"그랬구나, 나도 가을을 좋아하지만 가을엔 죽고 싶지 않아. 가을에 떠나려면 외로움에도 익숙해져야 하고 바스락거리는 낙엽소

리에 놀라지 말아야 하고, 갈대숲하고 친해져야 하고, 아무튼 가을
엔 떠나지 않을 거야. 내가 늙어서 죽음이 찾아오면 꽃이 만발한 봄
에 떠날 거야. 사는 동안 가을을 사랑하지만 죽을 땐 가을이 싫어."

"이 오빠가 살아있는 한 너 먼저 보내는 일은 없을 거다. 넌 나없
인 살 수 있지만 오빤 너 없이 못살거든."

"두고 보겠어. 얼마나 나 없이 못사는지."

확 웃어버리면 차라리 낫겠는데 살며시 미소 짓는 진주의 보조개
를 보고 있는 영모의 가슴으로 서늘하고 적막한 바람 한줄기가 스
쳐갔다. 차라리 내가 혀를 깨물고 말지, 혼잣말로 중얼거리다가 진
주의 가녀린 손을 자신의 주머니에 넣었다. 진주가 손을 빼려고 힘
을 주자 손목을 바짝 움켜쥐었다.

"어허, 가만 있어봐. 여자는 자고로 손이 따뜻해야 매력 있는 법
이야."

"누가 그래? 처음 들어보는데?"

"이 오빠 가라사대."

어느새 소양 댐에 도착한 두 사람은 너른 호수를 바라보다가 배
를 타고 청평사로 들어갔다. 영모 손을 잡고 산 중턱을 내려오면서
수없이 쌓인 돌탑을 보게 되었다. 영모는 반 무릎을 하고 주변에 나
뒹구는 돌을 주워 탑을 쌓았다.

"진주야! 이 돌 좀 봐, 많은 연인들이 왔다 갔나보다. 사람들은
돌을 쌓으며 무엇을 약속했을까? 아마도 사랑을 맹세하고 가족계획

까지 세워놓았을 거야. 그렇다면 나도 딸 둘에 아들 하나.”

진주는 혼자 흐뭇해하는 영모를 바라보았다.

“그렇게 약속한 돌을 왜 이곳에 두고 갔을까? 강풍에 넘어지고 폭우에 떠밀려갈 텐데… 약속은 돌에 새기는 것이 아니라 가슴에 새겨야지. 말만 해놓고 지키지 못할 일들이 이 세상엔 얼마나 많은데… 변하지 않는 약속이란 하나님 말씀뿐이야.”

“예예, 누님 잘 알아 모시겠습니다.”

익살스런 영모의 제스처에 진주는 함박웃음이 터져 나왔다.

노을을 지고 터미널로 향하는 영모와 진주는 다정한 오누이 같았다. 평일이라서 그런지 차 안에는 사람들이 적었다. 팔당댐을 지나면서 서로는 깍지 낀 손을 놓지 않았다. 영모의 어깨에 기댄 진주는 잠이 들었고 고개를 맞댄 두 사람은 서로의 마음을 간직한 채 달려가고 있었다.

chapter 4
터미네이터 라인

"앞으로 20여분 지나면 클론이 깨어날 것입니다.
클론의 기억력 프로그램(언어, 지식, 기억)을 아들의 것으로 똑같이
복사하는 인코딩기술 (yncording)을 사용·했기 때문에
따로 말을 가르치거나 지식을 주입할 필요가 없습니다.
아들의 기억과 행동양식이 비슷하게 나오죠.

터미네이터 라인

교회 안에 베리칩 광고가 기승을 부리고 있었다. 처음엔 교회 근처 한적한 곳에서 자리를 펼치더니 점점 교회 옆으로 다가왔고 이젠 아예 교회 안에 들어와 홍보를 벌였다. 베리칩을 받으면 통장 잔액에 50만 원을 충전해 준다는 이벤트도 있었고 칩으로 결제하면 모든 결제금액의 10%를 포인트로 돌려준다는 것은 기본이었다.

가족 모두가 받으면 국민 임대 아파트 20평을 무상으로 얻을 수 있는 길도 있다며 사람들을 현혹하는 이벤트가 교회 입구를 시끄럽게 만들었다. 많은 사람을 선도해서 칩을 받게 하는 자 중에서 1등은 BMW자동차를 선물로 주는 것도 생겨났다. 생활고에 시달린 가족들은 고민 할 것도 없이 칩을 받으러 가는 가정도 적지 않았다. 어린 아이들은 칩 받기 싫다고 울며 떼를 쓰지만 패밀리 혜택을 위해서라도 부모는 아이를 설득했다.

노숙자에겐 작은 평수의 집과 일자리를 제공해준다는 조건이 있자 거리의 노숙자들이 줄을 서서 베리칩을 받았다. 사람들은 돈과 경품에 맛을 느껴 조금씩 의심하는 마음을 접어가고 있었다. 설마 교회에서 광고하는 베리칩이 짐승의 표라면 이렇게 당당하게 전할 순 없을 거라며, 이번엔 어떤 경품이 우리를 놀라게 할까 기대하는 분위기가 소문의 꼬리를 물고 담장 넘어 고개를 쳐들고 있었다.

내일이면 복제인간이 나오는 날이라 영모네 집은 분주했다. 클론의 방을 꾸며주며 한 식구가 잠시 늘어나는 것에 대한 준비를 하고 있었다. 최목사는 가족에게 클론을 대할 때 지켜야 할 규칙 등을 단단히 일러두었다. 쌍둥이의 각본대로 행동하기로 약속하고 책상도 들이며 컴퓨터도 새로 들여놓았다.

"엄마! 이름을 지어야하지 않겠어요?"

"아, 맞다. 그 생각을 못했네. 여보! 무슨 이름이 좋겠어요?"

"그러잖아도 어제 좀 생각해봤는데, 뭐 복잡하게 지을 거 있나? 榮母의 영字를 따고 영모의 뒤를 봐주는 고마운 인간이다, 뒤 後. 그러니 영후! 어때 영모야?"

"영후? 조금 촌스럽긴 하지만 두 달 만 쓸 건데요 뭐."

"이제 이식만 하면 우리 집 걱정이 사라질 거예요. 꿈만 같다. 정말."

"영모야, 네가 그동안 아파서 말을 안했지만 이제 건강을 되찾게 되면 공부 열심히 해서 신학교 갈 생각해라. 아버지 가업을 물려받는 것이 가장 현명한 선택이 될 거야. 네가 목사가 되면 네 앞길에 아빠가 든든한 지원자가 되어 줄 수 있단 말이지."

"아빠, 전 신학은 관심 없어요. 차라리 프로게이머라든지 기타리스트가 되고 싶어요. 꼭 신학을 하라고 강요하지 마세요."

"다른 루트는 네가 성공하기가 아무래도 역부족이잖니, 그런데 목회 쪽으로 나간다면 아빠가 큰 배경이 될 수 있는데, 다시 한 번 생각해봐라, 아직 시간 많으니 기도해보고. 이 녀석 왜 그리 욕심이 없어."

영모는 장래 직업보다 더 큰 산이 앞에 있었다. 내일 당장 영후를 대할 마음으로 머릿속이 복잡했지만 가족들은 알 리가 없었다. 자신과 똑같은 인간을 마주보며 밥도 먹고 같은 공간에서 생활한다는 것은 아무리 생각해도 썩 내키지 않는 일이었다. 생명을 살리러 오는 고마운 선물이지만 든든하기만 했던 자신의 자리가 조금이라도 흔들리지나 않나 괜한 걱정에 잠 못 드는 밤이 되었다.

두 달만 참으면 새로운 인생을 살수 있다는 기대감이 이 모든 난관을 이기게 해줄 것이라는 긍정의 힘을 영모는 믿어보기로 했다. 건강해지면 아파서 해보지 못한 것들을 당장 해보리라 여기며 수첩에 적어내려 갔다. 진주랑 해외여행도 가고 먹고 싶은 것 마음껏 먹고, 투석도 안 해도 되고 지긋지긋했던 약 없이 살아가는 날들을…

생각만 해도 꿈만 같다. 몸은 벌써 하늘을 나는 듯 들뜨고 있었다. 좋은 세상에 태어나 능력 있는 아버지를 만난 것을 감사했다. 수첩에 몇 줄 적으며 잠을 청했다.

「아버지가 구해온 가장 귀한 선물, 어서 와서 내 목숨을 구해다오. 나는 너에게 두 달간 정성을 다해 섬겨주고 너는 나에게 신장을 선물해주면 우린 서로에게 꼭 필요한 존재가 되겠지. 생명의 은인이 될 고마운 나의 클론에게」

터미네이터 라인 클론(복제인간 연구실) M-17

이곳은 아무나 출입할 수 없는 통제구역이라 안에서 무슨 일이 일어나고 있는지 일반 직원들도 알 수 없었다. 강박사가 누구를 복제했는지 어떤 일을 꾸미고 있는지 베일에 가려졌기에 출입절차가 까다로울 수밖에 없었다. 최목사가 복제인간을 찾아갈 때도 늦은 밤이었다. 강박사와 함께 들어간 M-17연구실에서는 투명한 아크릴 통에 클론이 누워있었다.

"자, 보십시오. 어떻습니까?"

영모와 똑같은 사람을 보는 순간 최목사는 소름이 돋아 입을 딱 벌렸다.

"놀라신 것 같네요. 클론을 만들다보면 조물주 하나님의 마음이 이해가 될 때가 있습니다. 내가 만든 사람들이 나의 가는 길을 가고 새로운 제국의 일꾼이 되길 바라는 마음 간절해지지요. 얼마 전 미국 유명한 팝가수도 제게 와서 클론을 계약하고 갔습니다. 그는 동성애자인데 남자들이 자꾸 싫증난다며 자신의 클론을 만들어 그와 결혼하겠다지 뭡니까? 자기 자신과 살면 싫증도 없고 사랑스러워 미칠 것만 같다며… 그런 목적이라면 절대 할 수 없다 했더니, 농담이라며 간을 이식 하겠다 해서 계약을 마쳤습니다. 세상이 말세다 보니 별의별 미친놈도 많지 뭡니까? 영국총리의 권유만 아니었다면 그냥!"

"클론을 문의하는 사람이 많지요? 박사님은 부와 명예를 다 가지셨으니 부럽기도 하고 존경스럽습니다."

"뭘, 그런 걸 가지고. 저는 이번 클론을 통해 최목사님을 알게 되어 얼마나 기쁜지요. 앞으로 세계적으로 쭉, 뻗어 가실 수 있도록 제가 뒷심이 되어 드리겠습니다. 그리고 교회에는 등록만 하고 직분 같은 건 사양하겠습니다. 원래 하나님의 일은 나서서 하는 것이 아니라 보이지 않는 손길을 통해 하는 것이 진정한 섬김이라고 생각하는 사람 중의 한사람입니다."

"이렇게 겸손도 지니고 있으니 제가 박사님께 무엇을 더 바라겠습니까? 조금 교회에서 큰일을 했다 싶으면 직분의 상승도 은근히 바라고 공치사도 많이 해줘야 성도들이 삐지지 않습니다. 목회하기 까다로울 때도 많지요. 그나저나 이렇게 아들을 살려주신 은혜 평생 어찌 다 갚나 고민됩니다. 단시일 내에 이렇게 똑같이 복제할 수 있다는 것이 그저 신기합니다."

"하하, 앞으로 기술이 발전하면 하루에 몇 백 명씩 찍어내는 것은 일도 아닙니다. 저는 신의 생명책을 읽은 사람입니다. 앞으로 꿈이 있다면 3년 전 지하철 자살 폭탄테러에서 죽은 376명의 사람을 복제해서 가족 품으로 돌려보낼 것입니다. 아직은 시작에 불과하지만, 뭐 성경에도 있지 않습니까? 네 시작은 미약하였으나 네 나중은 심히 창대해진다고…"

"대단하십니다. 이렇게 승승장구 하시다가 아시아를 대표하는 인물이 아니라 세계를 통치하는 연방대통령이라도 되시는 것 아닙니까?"

기분 좋으라고 한 소리였는데 강박사의 표정이 일순간 굳어졌다.

"쉿! 조용히 하세요. 그런 엄청난 발언이 정부 귀에라도 들어가게 되면 하루아침에 버림치가 되어 저와 목사님의 목숨이 이렇게! 될 지도 모릅니다."

당황한 최목사가 멈칫했다.

"그것만 주의 하시면 됩니다."

다시 목소리를 높이는 강박사의 어깨에 힘이 잔뜩 들어갔다.

"아, 역시 제 곁에 최목사님을 둔건 탁월한 선택이고 기쁨입니다. 복제인간 연구하는 자체만으로도 세계 곳곳에서 엄청난 지원자금이 들어옵니다. 돈! 그거 아무것도 아닙니다. 너무 많아서 관리도 어려운 것이 현실이지요. 저는 앞으로 세계를 내 손에 넣을 것입니다. 최 목사님 같은 능력 있는 분을 만난 건 하늘의 축복이고 특별한 기회입니다."

"저를 과대평가하시니 몸들 바를 모르겠습니다."

"목사님의 게놈지도를 살펴보니 신장 이상을 일으키는 유전자요인을 발견했습니다. 또 다른 자녀를 출산한다 해도 40% 이상이 신장이상을 가져올 수 있습니다. 혹시 부모님이 신장이 안 좋으셨나요?"

"저희 어머님이 신장병에 합병증까지 겹쳐서 돌아가셨습니다."

"그렇군요. 신장의 유전자를 가려내어 좋은 유전자로 교체할 수 있는 날이 곧 옵니다. 걱정 안하서도 됩니다. 이제 아드님은 두 달 후 신장과 심장을 이식하고 클론을 오랫동안 보존하게 될 것입니다. 신체 일부가 손상되어 못 쓰게 될 때마다 하나씩 꺼내 쓰는 재미! 환상적이지 않습니까?"

"그러네요. 복원된 신체 일부가 또 망가지면 안 되니 몸 관리만 잘하면 이백년은 거뜬히 살겠는데요."

"그럼요. 이식받고 신장을 망가뜨리면 어리석지요. 우린 앞으로 신이 정해놓은 인간의 기한을 깨뜨려야 합니다. 모든 것이 때가 있다고 한계를 만드신 하나님은 자비롭지 못한 것 같습니다. 이렇게 생명을 연장할 수 있는 기술을 주신 분도 결국은 하나님이지 않습니까?"

그때 클론의 엄지손가락이 까닥 움직였다.

"앞으로 20여분 지나면 클론이 깨어날 것입니다. 클론의 기억력 프로그램을 아들의 것으로 똑같이 복사하는 인코딩기술 (yncording)을 사용했기 때문에 따로 말을 가르치거나 지식을 주입할 필요가 없습니다. 아들의 기억과 행동양식이 비슷하게 나오죠. 장단점이 있겠지만 백지 상태의 뇌로 나온다면 일일이 가르쳐야 하고 돌발행동이나 여러 가지 공황 장애등 불편한 점이 많고 클론의 존재가 세상에 누출되기도 쉽습니다."

"네, 알겠습니다. 명심하지요. 그런데 한 가지 궁금한 점이 있습니다. 제 욕심 같아선 바로 이식수술을 하면 어떨까 싶은데…."

"아, 그렇지요. 복제하고 바로 수술하면 그보다 더 좋은 일이 없겠지만 그렇게 되면 나머지 장기를 쓸 수가 없고 바로 폐기처분해야 합니다. 우리 연구목적이 모든 신체부위를 다 써먹을 수 있는 연구이기 때문에 두 달 정도 인간적 생활을 하면서 인간화에 거의 가깝게 만들어야 됩니다. 그러니 힘들더라도 두 달의 기간을 잘 견디시길 바랍니다. 이식수술도 이 연구실에선 극비리에 진행되기 때문에 스케줄을 한 달에 한 건밖에 잡을 수가 없습니다."

"네, 그렇군요. 잘 알겠습니다."

"복제한 사실이 외부에 밝혀진다면 목사님에게 불이익이 가는 것은 물론이고 제 입장도 난처해집니다. 정식절차를 밟으려면 그 서류만 해도 서른 장은 넘습니다. 비용도 엄청나고 통관절차도 복잡합니다. 총리께서 특별히 베푼 은혜인 만큼 모든 것을 조심 또 조심하셔야 합니다. 이것이 발각되면 목사님도 교회에서 물러나셔야 하고 이식의 꿈도 사라지게 됩니다."

"네, 아들의 목숨이 달린 문제인데 조심해야지요. 그리고 한 가지, 광고 외에 그 이상의 것을 요구하지 말아주십시오. 성도들에게 침을 받으라고 강요하시면 안 됩니다."

"네, 약속합니다. 광고만 허락하시면 됩니다. 목사님과의 관계만 잘 유지된다면 목사님은 앞으로 저 때문에 더 큰 목회를 하실 겁니다. 제 무대는 아시아가 아니고 세계입니다. 세계교회를 통치하는 목사님이 되도록 최선을 다하겠습니다. 우리, 잘해봅시다."

강박사는 최목사에게 악수를 청했다. 무어라도 당장 된 것 같은 착각 속에 최목사는 천하를 손에 쥔 듯 기대감으로 허공에 둥실, 떠올랐다.

강박사는 차트를 살펴보며 지켜야할 항목들을 일러주었다.

"첫째, 제품번호 M-17 YM6107 의 모든 정보가 이 카드 안에 들어있습니다. 이것을 이식수술 때 가져오시면 됩니다. 둘째, 식구들에게 단단히 일러두시는 것 잊지 마시구요. 혹시라도 클론이 돌발행동을 할지 모르니 잘 관찰하셔야 할 것입니다."

바이탈이 정상으로 돌아오고 심장 박동기에서 쿨렁거리는 소리가 시작되었다.

"이제부터 클론이 우리말을 알아들을 것이니 말조심하십시오. 깨어나면 제 차에 태워 이곳을 빠져나갈 것입니다. 외부에 노출되지 않게 목사님 차를 바깥에 세워두라고 한 것입니다."

"..."

할로겐램프가 눈부셨는지 클론이 샛눈을 뜨고 방안을 둘러보았다. 링거액을 멍하니 쳐다보며 머리가 아픈지 관자놀이 부분을 손으로 누르다가 눈을 여러 번 깜박거렸다. 영모도 머리가 아플 땐 그곳을 누르며 눈을 깜박이는 버릇이 있었다. 최목사는 클론에게 다가갔다.

"잘 잤니? 아빠야, 아빠, 기억나지? 넌 교통사고를 당해 기억을 잃어버렸어. 영후야! 네가 쌍둥이라는 사실도 잃어버린 건 아니겠지? 집에 가면 형이 너를 기다리고 있어."

강박사가 하얀 가운 주머니에 손을 넣으며 말했다.

"네가 기억이 돌아올 때까지 머리가 조금 아플 수 있다. 그렇다고 아무 병원이나 가면 안 된다. 잘못된 약 처방을 받으면 너의 기억력은 영원히 사라질 수 있음을 잊지 말아라. 자! 이제 나갑시다. 두 달 후에 정기검진 받으러 오시구요. 그때 뵙시다."

가든 아파트 6동 2301호에 도착한 최목사는 가능하면 밝고 친근감을 느끼게 하고 싶었다. 얼마나 기다려온 생명인가? 초인종을 누르자 사모가 버선발로 뛰어나왔다. 놀란 눈으로 클론을 바라보았지만 더 이상 내색할 수 없었다.

"어머, 영후 왔구나! 그래 병원에서 고생 많았지? 어서 들어와라, 영모야! 동생 왔다."

영모는 처음 마주 본 자신의 모습이 3D입체 영상에서 만난 환상의 장면처럼 소름 돋았다.

'내가 이렇게 생겼나' 놀라고 있는데 최목사가 말했다.

"영모야, 뭐해 오랜만에 동생 왔는데 반가워하지 않고."

"어서 와. 오랜만에 집에 오니까 좋지? 너 심심할까봐 네가 좋아하는 게임 종류별로 깔아 놨다."

아직 말이 터지지 않았는지 영후는 주위만 둘러보았다. 영후를 따스하게 맞이한 가족의 연기는 수준급이었다.

"영후야! 이거 한번 먹어봐. 양송이 스프인데. 네가 무척 좋아했잖니? 병원에 있느라 속이 비었을 텐데. 어서 먹어보렴."

영후가 물끄러미 바라만 보자 사모가 먼저 스푼으로 떠먹었다. 그러자 허겁지겁 주린 배를 채우듯 한 그릇을 뚝딱 비워낸 영후를 식구들은 숨죽이며 바라보았다.

영후에게 말실수 하지 않으려 살얼음 딛는 마음으로 다가섰다. 생활에 필요한 규칙과 지켜야 할 것들을 가르쳐주며 친절을 아끼지 않았다. 늦은 시간이 되어 영후의 잠자리를 봐주고 가족들은 각자 방으로 들어갔다.

새벽에 영모가 소변이 마려워 화장실로 향했다. 변기에 서서 소변을 누던 영후의 얼굴과 마주쳤는데 귀신이라도 보듯 머리털이 쭈 뼛쭈뼛 돋았다. 또 다른 자신을 잠결에 볼 수 있는 강인한 사람이 몇이나 될까 싶었다. 놀란 모습을 보일 수 없기에 몸 안에 가려진 심장은 더욱 두근거렸다. 변기 물을 내릴 줄 모르는 영후에게 친절 한 설명을 해주므로 두려움을 지우려 했다. 클론에게 영마저 있다 면 영모는 등골이 오싹해서 견딜 수 없을 거라 생각하며 그날 밤, 불을 켜놓고 잠을 청했다.

다음날 영후가 심심해하지 않도록 시간 보내는 법을 가르쳐주었 다. 게임기, 샌드백치기, 러닝머신, 영화다운 받는 것을 선보였다. 다만 손님이 올 때 영후 방에 조용히 있어야 된다는 것을 여러 번 말해주었다. 외부 사람들과 접촉하면 면역력이 약해져 질병에 걸릴 수 있기 때문이라고 각인시켰다.

영모는 영후가 딴 생각 안하고 조용히 두 달을 지낼 수 있는 것은 게임에 빠지게 하는 방법일거라 생각하고 그것에 몰두하도록 게임 머니를 두둑이 챙겨주어 흥미를 가지게 했다.

"영후야! 두 달만 집에서 몸조리하면서 건강해지면 세계여행도 시켜주고 뭐든 다 해줄게. 조금만 견디자. 알겠지?"

사모의 말에 영후는 기대하는 표정이었다. 영모의 말을 한 번만 따라 해도 그 말을 응용해서 또 다른 말을 잘 구사하게 되었다. 간 식을 먹다가 영후는 머리를 갸우뚱거리며 말했다.

"내가 왜 학교를 그만두게 됐는지 이유가 생각나지 않아요. 엄마!

왜 그랬어요?"

사모와 영모는 서로를 쳐다보며 흠칫 놀랐지만 표정하나 변하지 않으려 애썼다.

"어… 그것은 네가 몸이 아파서 그랬어. 그 당시 교통사고가 나서 기억력을 잃어버렸기 때문에 어쩔 수 없었단다. 건강해지면 여행도 다니고 너 하고 싶은 거 하면 되니까 학교는 신경 안 써도 괜찮아. 엄만 네가 건강하면 그것으로 족해!"

마음으로 한고비 넘겼다고 생각한 사모는 어쩌면 기억을 갖고 있는 것이 가족에게 독이 될 수 있겠다고 생각했다.

영모는 클론 때문에 진주를 한동안 만나지 못해 가슴이 허전했다. 기회만 엿보다가 일주일에 한번 받는 과외수업이 생각났다. 엄마가 외출한 것을 확인한 영모는 영후에게 수업 받는 방법에 대해 반복해서 가르쳤다. 영후를 책상에 앉혀놓고 부랴부랴 나갔다.

근처 레스토랑에서 진주를 만나 한 시간 정도 대화하는 것으로 만족해야 했다. 자신을 대신해서 과외수업을 받은 영후가 기특했다. 앞으로 가끔 필요할 때 써먹겠다고 마음먹으며 확실히 뒤를 잘 봐주는 녀석임에는 틀림없다고 중얼거렸다.

집에 돌아와 영후를 위해 게임 상대가 되어 주고 있는데 진주에게서 전화가 왔다. 춘천에서 찍은 사진에 대한 이야기를 한참 주고받는 듯 했다. 통화소리를 듣게 된 영후는 낯익은 이야기들이 흘러나오자 귀를 기울이며 들었다. 자신의 기억 속에서 오버랩 되는 그녀의 이야기가 조금씩 궁금해지기 시작했다.

"형! 지금 통화하던 여자, 누구야?"

"넌 몰라도 돼. 형의 사생활을 물어보는 게 아니란다. 그건 좋은 행동이 아니야."

"그렇지만…"

영모는 춘천에 다녀온 이후 클론에게 인코딩(기억프로그램 복사)해준 사실을 뒤늦게 생각해냈지만 별다른 일은 없을 거라 대수롭지 않게 여겼다.

게임 아이템에 빠져 들어간 영후는 영모 방에서 같이 자겠다고 고집을 피웠다. 내키지 않는 영모는 잠버릇이 심하다고 했지만 막무가내로 달려드는 클론을 내칠 수도 없었다. 무엇보다 자신과 같은 사람이 옆에 누워있다는 건 충분한 인내와 담력을 요구하는 일이기에.

형이 샤워를 하러 간 사이 영후는 영모 물건을 살펴보기 시작했다. 책상 위에 놓인 감청색 수첩을 열어 보았다. 첫 페이지에는 어디서 본 듯한 여자가 활짝 웃고 있었다. 여자의 프로필이 상세하게 기록되어 있었다. 낯설지 않는 까닭을 알고 싶었다. 잠을 자려 불을 껐지만 영후는 그녀 모습이 피드백 되어 어둠속에서도 뚜렷이 떠올라 잠을 이룰 수 없었다. 기억을 찾으면 건강해질 수 있다니 잃어버린 기억의 경로를 찾으리라 마음먹었다.

다음날 최목사가 영모에게 전화를 걸었다.

"영모야! 영후는 잘 있니? 너 아빠 서재에 있는 서류봉투 교회로 좀 가져다 줄 수 있겠니?"

영후에게서 잠시 벗어날 수 있는 것도 좋았지만 잠깐이나마 진주를 볼 수 있다 생각하니 감옥을 탈출하는 기분이었다. 방에 들어가 진주에게 잠시 들른다고 전화를 걸었다. 열려있는 방문에서 새어나오는 영모의 상기된 목소리에 무언가 끌리는 마음으로 영후는 방으로 들어가 똑같이 옷을 갈아입었다. 영모가 내려간 것을 확인하고 오른쪽 엘리베이터로 따라 내려갔다. 가족 몰래 기억을 되찾아 기쁨을 안겨주고 싶은 마음도 있었고 어렴풋이 떠오르는 기억이 자신의 잃어버린 의문점을 찾아줄 거란 기대감도 영후를 움직이게 만들었다.

모자를 눌러쓰고 점퍼 깃을 세워 영모의 발자국을 한 블록 사이에 두고 쫓아갔다. 그녀에게 가는 영모의 발걸음은 날개라도 달린 듯 가벼워보였다. 작은 방들이 붙어있는 1층 안쪽으로 들어간 영모는 나올 생각을 안했다. 영후는 그녀의 현관문을 지나 코너로 돌아가 창문아래 앉아 있었다. 어렴풋이 대화 내용이 들려왔다.

"싫어. 나 오늘 리포트가 밀려있어 무지 바빠."

"오빠는 네가 보고 싶어서 눈썹이 휘날리게 달려왔는데?"

"머리카락 휘날렸다고 해도 오늘은 안 되거든요. 집중력 흐려놓지 마시고 어서 가던 길 가세요."

영모는 진주를 안고 싶어서 안달했지만 할 수 없이 돌아가야 했다.

"무늬만 오라버니! 차 조심! 예쁜 여자 조심! 잘 가!"

현관문에서 고개만 내밀며 인사하는 진주를 두고 가는 영모의 발걸음이 무거웠지만 언젠가는 눈빛만 보내도 살포시 안기는 여자로 만들리라 다짐하였다.

영후는 귀퉁이에 앉아 기억을 더듬으려 애썼다. 그녀와 함께 돌탑을 쌓았던 추억이 가물가물 떠오르지만 그녀를 어떻게 처음 만나게 되었는지 도무지 생각이 나질 않는다. 혹시 그녀가 나를 알아볼까? 그녀도 혹시 쌍둥이는 아닐까, 영후는 그녀를 확인하고 싶은 욕망이 생겼다. 영모가 나간 지 10분이 흘렀다. 이대로 집에 가다가는 엉뚱한 기억에 머릿속 회로가 엉킬 것 만 같아 현관문을 한번 두드렸다.

"누구세요?"

진주가 문을 열면서 조금 귀찮다는 듯이 말했다.

"지금 리포트 쓰느라 바쁘다고 했는데 또 왔어? 나 이번에도 장학금 받아야해. 정말 피터지게 열심히 해야 하거든."

당황한 영후는 둘러댔다.

"그냥 돌아가기 싫어. 방해하지 않을게. 잠깐 들어간다."

진주는 책상에 앉은 채 눈도 마주치지 않고 컴퓨터 자판을 콩 볶듯이 두드렸다. 영후는 주변을 둘러보았으나 낯설지 않았다. 혹시 형과 자신이 바뀐 것은 아닌가 의심스러웠지만 이렇다 할 확신이 없었다. 열심히 집중하고 있는 진주의 뒷모습에 다가가 찰랑이는 머리카락을 살짝 만져보았다.

"깜짝이야, 왜 그래 영후야, 얼른 집에 가서 쉬어라. 누나 이렇게 바쁘잖니."

"머리카락도 부드럽고 네 살 냄새도 비누향 그대로야."

"너 오늘 좀 이상하다, 한가한 말장난에 맞장구쳐줄 시간이 없거든? 그만 돌아가라."

"난 너의 그림자가 낯설지 않는데…."

책상에 앉아 잘 가라고 말만 하는 그녀의 뒷모습이 가슴에 밀려들어 발이 떨어지지 않았다. 그녀를 뒤에서 꼭 안았다. 솜사탕을 한아름 안은 듯 달콤한 향이 영후의 후각을 자극했다. 진주가 영후 손을 풀며 말했다.

"한 번만 더 귀찮게 하면 내일 교회에서 아는 척도 안한다."

아직은 이렇다 할 확신이 없기 때문에 존재감이 탄로 나지 않도록 조심해야 했다.

영후는 부랴부랴 신발을 신고 집으로 돌아갔다. 영모보다 먼저 집에 도착하기 위해 뛰어야했다. 방으로 돌아와 침대에 누워 생각을 정리했다. 진주를 안아본 감정이 낯설지 않고 그 느낌이 떠나지 않는데 영모가 틈만 나면 그녀를 찾고 함께 시간을 보내는 것이 왠지 마음에 들지 않았다. 영모가 현관문을 열고 들어오는 소리가 들리자 영후는 모로 누워 눈을 감았다.

무거운 짐을 내려놓은 최목사. 한결 가벼워진 마음으로 사역할 수 있음은 하나님의 은혜라고 여기며 감사했다. 집에 가는 길에 영모, 영후가 좋아하는 간식을 사들고 갔다. 최목사는 거실에서 과일을 먹으며 영모에게 말했다.

"목요일부터 금요일까지 교회수련회가 있어. 엄마 아빠 함께 가야하는데 동생 데리고 있을 수 있겠니? 네가 정 힘들다면 엄마는 집에 두고 갈게."

"아빠! 저 혼자 영후를? 저도 환자인데…"

"형도 나처럼 어디가 아픈 거야?"

순간 식구들은 당황했지만 최목사가 얼른 말을 이었다.

"형은 신장이 안 좋아서 투석을 받고 있어. 영후는 기억력만 찾으면 되고 영모는 신장 이식만 받으면 우리 집 걱정거리가 사라지게 될 거야."

"제가 동생 잘 보살필게요. 걱정 말고 다녀오세요. 용돈이나 넉넉히 채워 주시구요."

영모 꽁무니를 따라 들어간 영후가 작은 소리로 말했다.

"형! 엄마 아빠 수련회 가실 때 형 여자 친구를 집에 데려와 봐. 나도 한 번 얼굴 좀 보자."

"어쭈, 네가 봐서 뭐하냐? 됐다. 그리고 너 잊었냐? 엄마 아빠가 손님 오면 절대 방에서 나오지 말라고 하신 것 말이야."

"알지. 나, 방에서 꼼짝 안할게. 문 닫고 게임이나 하지 뭐. 약속할게."

"정말이야? 너 약속할 수 있어? 방에서 나오면 그땐 어떻게 되는지 알지?"

영모는 돌아서서 미소를 지었다. 왜 진작 그 생각을 못했는지 모르겠다며 무엇을 어떻게 준비할까 생각했다. 자신의 집으로 초대하는 자체만으로도 진주를 자기만의 여자로 못박아두는 방법 중의 하나라는 것을. 영모는 회심의 미소를 짓고 있었다. 둘만의 미래를 계획하는 자리를 만들어야겠다는 설렘은 수소풍선 단 듯 높이 날아올랐다.

한편 영후는 그녀를 다시 본다면 잃어버린 기억의 퍼즐이 맞춰질 것만 같았다.

가든아파트에 도착한 진주는 떨리는 마음으로 벨을 눌렀다. 거실에 있던 영후가 놀라자 영모는 차가운 눈빛을 쏘아 붙였다. 드디어 현관문이 열리고 진주는 향기 가득한 노란 장미꽃을 영모에게 건넸다.

"꽃은 뭐 하러 사왔어? 네가 꽃인데!"

"빨간 장미를 사려했는데 다 떨어지고 없었어. 노란 장미도 예쁘잖아."

"노란 장미는 이별을 뜻하거나 질투를 뜻하는데? 꽃말은 맘에 안 들지만 이 꽃은 탐스럽게 생겼다. 진주 너 닮았어. 꽃보다 아름다운 나의 사랑, 어서 들어와."

"와! 집이 엄청 넓고 멋있다. 새 아파트에 가면 구경하는 집 있잖아. 거기 같아. 정말 판타스틱한 가구들이다!"

"뭐 대단한건 없어. 나중에 네가 와서 살집인데 찬찬히 구경이나 해라."

고급 노스트라 소파에 엔틱 가구들, 편백나무로 된 욕조, 최고급으로 둘러싸인 인테리어를 보는 것만으로도 진주는 주눅이 들었다. 구석엔 골프채가 있었고 넓은 테라스에선 제법 커다란 실내정원이 맑은 공기를 내뿜고 있었다. 이런 곳에서 꽃무늬 앞치마를 하고 영모의 하얀 셔츠를 햇살에 널어보는 일도 행복하겠다 상상했지만, 생각의 가지부터 잘라내야 하는 것도 잘 알고 있다.

왠지 이곳에 있으면 자신의 출신을 밝혀야 하고 집안 내력을 소상히 읊다가 주눅 들어야 할 것 같은 마음에 편치 않았다.

"진주야, 엄마가 나 먹으라고 만들어 놓은 샐러드와 스파게티를 준비해 뒀어. 같이 먹자. 어디서 먹을까?"

"난 테라스에서 먹고 싶어, 테이블도 있어서 좋은데."

"그래, 오늘 햇살도 좋고 공기도 상쾌한 것 같아. 어제 내린 비 때문에…진주야! 창문 좀 열어 봐"

영모는 음식을 테라스로 가져갔다. 포크와 스푼을 꽃잎냅킨에 깔아주며 앞 접시에 스파게티를 돌돌 말아 건네주었다.

"토마토의 시큼하고 뭉클한 맛이 입맛을 자극하는 것 같아. 아무래도 오늘 살 좀 찌겠다."

"많이 먹어. 넌 먹는 입술이 참 예뻐. 난 가끔 생각해. 너랑 출근도 하고 손잡고 산책도 가고 마트에 장보러 가고 음악회도 다니고, 상상만 해도 행복해서 엔도르핀이 솟아나는 것 같아."

영후 방에는 테라스로 연결된 작은 쪽문이 있다. 미리 열어놓고 공간 확보를 해 놓은 영후는 테라스에 있는 그녀를 잎사귀 틈으로 보기 위해 벤자민 나무 아래 숨었다. 앞에는 다른 화초들로 차 있어 영후의 그림자를 가려주기엔 적당했다. 무성한 잎사귀 사이에 시야 확보를 해놓고 그녀를 바라보았다. 그녀의 웃는 모습에 영후는 숨이 막힐 것 같았다. 몇 걸음 사이에 두고 앉아있는 그녀를 만질 수 없는 것이 억울했다. 누군가 자신의 머리에 전류를 접속하듯, 기억이 뒤죽박죽 엉키는 것 같았다.

그녀의 보조개에서 달디단 향기가 나는 것 같아 입술을 꽉 깨물었다. 웃을 때마다, 뭐라 말할 때마다 그녀의 가는 목선은 입 맞추고 싶은 곡선이었다. 입을 반쯤 벌린 채 영후는 뭐에라도 홀린 듯 그녀의 눈동자를 따라 침을 삼키고 있었다. 순간 내가 왜 이렇게 숨어서 그녀를 바라봐야 되는지 억울한 느낌이 밀려왔다.

그녀는 내가 기억을 잃어버리는 동안, 왜 저 녀석과 죽고 못 사는 사이가 되었을까, 아니면 원래 그녀가 내 연인이었는데 형이 가로챈 것일까. 그때 그녀를 찾아갔을 때 아무렇지도 않게 나를 받아들인 것은 나와 지냈던 추억의 시간을 간직하고 있기 때문이 아닐까?

사랑하는 사람을 빼앗긴 패배감이 밀려왔다. 저 자리에 영모는 어울리지 않았다. 영후는 불안하게 뛰는 맥박을 진정시키지 못하다가 저려 오는 발을 조금 앞으로 당기려는 순간 큰 화분에 걸쳐놓은 작은 아이비 화분이 툭 떨어져 깨져버렸다.

뒤통수가 석연치 않았던 영모는 난처한 몸짓으로 벌떡 일어나 영후의 모습을 조금이라도 가리려고 하다가 스파게티 접시를 떨어뜨리고 말았다. 소스가 진주의 머리카락에 튀었고 후다닥, 방으로 들어가는 영후의 당황한 눈과 진주의 눈이 설핏 마주쳤다. 깜짝 놀란 진주는 소리 질렀다.

"악! 누… 누구세요? 영모야! 집에 아무도 없다 했잖아. 저 사람 너랑 많이…."

"어… 그게 말이지. 아무튼 내가 다 설명할게. 일단 별일 아니니까, 진정하고 내방으로 들어가자. 응?"

영후는 베란다 쪽문을 닫으며 기억을 더듬어갔다.

'나는 누구길래 사람들에게 보이면 안 되는가'

영모는 진주를 세면실로 안내했다. 머리끝에 물을 묻힌 다음 진주를 방으로 데려가 수건으로 젖은 머리카락을 닦아주었다. 진실을 말해주지 않을 방법을 찾았지만 마땅히 둘러댈 것이 떠오르지 않았다.

"영모야, 저 사람… 닮았어. 너무 똑같아. 너 쌍둥이 아니잖아,

어떻게 된 거야?"

"그래, 진주야. 지금부터 내가 하는 소릴 잘 들어. 내가 하는 말 누구에게도 발설하면 안 돼. 그럼 내 목숨이 위태로워질 거야. 비밀로 한다고 약속해줘."

"그래… 약속할게."

구석에 앉아 조용히 생각에 잠긴 영후는 웅성거리는 대화의 진동을 느끼자 무슨 말을 하는지 알고 싶어졌다. 그 순간 영모 방으로 연결된 에어컨 구멍이 생각났다. 아직 에어컨을 달지 않아 작은 커버를 거두면 진주의 가슴 높이가 보였다.

"사실은 나, 병이 있어. 급성신부전증이야. 신장이 두 개 다 망가져서 피를 거를 수 없어. 이틀에 한 번, 투석을 받지 않으면 살 수가 없지. 그로 인해 심장도 망가져서 조금만 뛰어도 숨이 차고 음식을 잘못 먹어도 얼굴이 까매지면서 부작용이 나타나. 언제 죽을지 모르는 시한부 인생을 살았지. 이렇게 살려면 그냥 죽고 싶었어. 그런데 부모를 잘 만났다고 해야 할까, 아버진 나를 살리기 위해 안 해본 노력이 없어. 이식 순서는 까마득했고 중국에서 장기를 사려다가 사기만 당했어. 어느 날 새세계 정부에서 우연히 아버지에게 복제인간을 만들어 주겠다고 찾아왔어. 칩 광고를 해주는 조건으로 말이야."

진주의 눈동자가 팽창되었다.

"그럼, 너를 살리기 위해 교회에서 베리칩을 광고해주는 조건으로 새정부의 제안을 받아들였단 말이야? 말도 안 돼… 그럼 저 방에 있는 사람이 너의 복제인간?"

"그래, 나온 지 한 달쯤, 이제 4주 만 견디면 내게 심장과 신장을 제공해 줄 거야. 그럼 난 새 삶을 살 수 있어. 너를 위해 건강하고 준비된 남자가 될 수 있단 말이야."

"이식 받고 나면 저 복제인간은 어떻게 되는데…"

"저 아이한테 미안하지만 어쩔 수 없어. 하나의 상품일 뿐이야. 인간을 살리기 위해 인간이 만들어낸 작품, 어차피 영도 없잖아…"

"아무리 인간을 위한다지만 정말 비인간적이다. 그래도 저렇게 멀쩡히 사람같이 먹고 자고 하는데, 어떻게 사람이 아닐 수 있니?"

진주가 자신을 이해해주길 바랬지만 말문이 막혔다.

그때 뭔가 생각 난 듯 진주가 물었다.

"잠깐, 저번 주에 나, 리포트 쓰던 날 우리 집에 두 번 왔던 것 기억하니? 지금 생각해보니까 처음에 입었던 옷하고 두 번째 왔을 때 입었던 옷이 달랐던 것 같아. 난 그걸 왜 이제야 깨닫는 거지? 네가 전에 입은 것을 본적이 있어서 너라는 사실을 의심해보지 못했어."

"오전에 한 번 가고 너 바빠서 다시 안 갔는데…?!"

입을 딱 벌린 진주의 놀란 표정에 더 흥분한 영모는 영후가 설마 그런 짓까지 했을 거라고 생각 못한 자신을 탓했다. 영모는 가만두지 않겠다며 방문을 발로 찼다. 영후는 얼른 자세를 바꿔, 침대 옆에 걸터앉았다. 진주가 말렸지만 소용없었다. 등을 발로 차인 영후가 바닥으로 굴러 떨어졌지만 그래도 분이 풀리지 않았다. 영모를 말리기 위해 진주가 말했다.

"영모야, 참아. 이렇게 힘으로 하면 안 돼. 내가 말해볼게. 이것 봐요! 얼굴이 똑같다고 해서 그렇게 사람을 속일 수 있나요? 감쪽같이 속은 제 기분이 얼마나 소름끼치는 줄 아세요?"

진주의 앙칼진 말에 영후는 할 말을 잃었다.

'언제 폐기처분 될지 모르는 상품이라서 소름이 돋는 걸까? 웃기시네. 난 나야. 사람이라고. 너희를 짓밟을 수 있는 생각이 있는데… 두고 보면 알지 너는 지금 저 녀석에게 속아 나를 비참하게 했지만 곧 내 여자가 되어 영모를 배신하고 말테니까.'

영후는 이를 악물며 생각했다. 그동안 교통사고로 기억을 잃었다고 말하던 아버지의 거짓과 잘 먹이고 잘 입혔던 이유를 곱씹어 보았다. 머릿속엔 온통 행복했던 기억들 뿐 인데 현실은 개죽음 같으니 영후는 미칠 것만 같았다.

자신의 제물이 되려면 얼마 남지 않은 것을 생각한 영모는 아무 대꾸도 하지 않는 영후를 더 이상 건드릴 수 없었다. 손을 털며 그 방을 나왔다. 진주는 아직도 묻고 싶은 게 많은지 심각한 표정이었다.

"영모야, 교회에서 광고하는 베리칩 말이야. 사람들이 거리낌 없이 받는걸 보면 난, 솔직히 소름이 돋아. 베리칩은 짐승의 표라고 알고 있어. 사람들은 그것이 상징이라며 666을 말하면 이단 삼단 하지만 난 그것이 성경적이라고 생각해. 돌아가신 목사님한테 짐승의 표에 대한 설교를 많이 들어서 알고 있거든. 당장 그것이 짐승의 표가 아니라도 일단 받으면 인간의 유전자를 변이시켜 사탄이 원하는 대로 조종하려는 기계인간이 되겠지. 결국 짐승의 표로 통합되어 우리를 공격할지도 모르잖아. 하나님 주신 유전자대로, 그 개성대로 살아가는 것이 아니라, 사탄이 원하는 유전자가 되어 하나님을 저주하고 지옥으로 들어간다고 배웠거든. 그런 무서운 것을 교회에서 광고할 수 있는지 난 이해가 안 돼."

단호한 진주의 말을 어떻게든 이해시키고 싶었다.

"진주야. 우리 아빠가 그랬어. 주님이 오셔야 믿는 자들은 휴거되잖아. 그 휴거가 있은 후에 7년 대환란이 시작되고 짐승의 표를 받지 않으면 죽이기도 하고 고문하기도 하는 때가 오거든. 지금은 휴거가 일어나지도 않았고, 휴거 이후에 생기는 새로운 시스템이 세상을 지배한다고 알고 있어. 베리칩이 없으면 모든 사람이 생활할 수가 없어. 돈도 카드도 사라지는 시대가 이미 왔잖아. 이건 그냥 정부가 세상을 하나로 묶어주는 통합된 제도일 뿐이야. 이것을 요한계시록의 짐승의 표라고 단정 짓는 것은 논란의 요지가 있다고 들었어."

"언제 주님 오실지 우리는 모르잖아. 7년 환란 오기 전에 주님 오실지, 7년 환란 중간에 오실지 모르지만 때가 임박했다는 징조는 많잖아. 그런데 이렇게 짐승의 표가 아니라고 하던 것이 그때 가서 고스란히 짐승의 표로 이어진다면 먼저 받은 사람들은 어쩔 거야. 이왕이면 받지 않는 것이 신앙적으로 안전하다고 생각해."

마땅히 반론할 말이 떠오르지 않자 영모는 분위기를 바꿔야 한다고 생각했다.

"그렇게 복잡한 이야기는 좀 더 알아보고 신학적으로도 공부해본 이후에 다시 말해보자. 너무 심각한 이야기로 좋은 시간을 망치고 싶지 않아."

진주가 좋아하는 음악을 틀어놓고 준비해둔 선물을 꺼냈다. 진주의 열흘 남은 생일을 위해, 그녀의 마음을 사기위해 준비한 것이다.

"어머! 이거 은빛 구두잖아. 이걸 왜?"

"넌 이제 품절되어 네 생일 챙겨줄 사람이 없을 것 같아서… 맘에 들어?"

"이거 우리 학교 학생들이 즐겨 신는 거야. 요즘 유행하나봐. 어떻게 알고…"

꼬물거리는 발가락을 감싼 구두는 별처럼 빛나 보였다.

"이건 또 뭐야? 두 가지나 준비했어?"

"이건, 구두와 맞춰서 내가 고른 건데, 맘에 들지 모르겠어. 네가 입으면 정말 예쁠 것 같아. 입어봐. 넌 남이 아니잖아, 나한테는…"

"부담스럽다. 너하고 무슨 사이도 아닌데 친구로서 받는 선물치고는 과한 것 같아. 나한테 물어보지도 않고 왜 이렇게 큰 걸 준비했어. 구두만 받을래. 이건 환불해."

"이거 준비하면서 내 마음이 무척 설레고 행복했어. 선물이란 받는 사람도 기쁘지만 준비하는 마음이 더 기쁘다는 걸 너 때문에 알았어. 부담이라는 말 좀 하지 마. 너는 내가 살아있는 이유야. 오빠 마음 모르겠어?"

"…"

"나가 있을 테니 입어봐."

"집에 가서 입어보면 안될까? 여긴 좀…"

"사이즈가 안 맞으면 바꿔야하니까 입어봐, 나 안 볼게."

눈 덮인 산자락에 싸락눈이 쌓이듯 옷벗는 소리가 고요가운데 들려왔다. 영후도 구멍으로 언 뜻 보이는 진주의 속살을 보고 도리깨침이 넘어가고 있었다. 원피스 지퍼를 올리려는데 팔이 닿지 않아 끙끙거렸다.

"진주야! 다 됐니? 오빠, 들어간다."

엉겁결에 뒤를 감추던 그녀는 어쩔 줄 몰라 했다.

"눈이 부셔서 쳐다볼 수가 없다. 진주 맞아? 옷은 정말 날개구나!"

"잘 맞으니까 이제 나가봐. 갈아입게."

"뒤도 좀 보자. 이그! 오빠한테 지퍼 올려달라고 하면 잡아 먹냐? 이리와, 내가 올려줄게."

머뭇거리던 진주 뒤에서 지퍼를 천천히 채워 주었다. 가늘고 여린 몸매가 영모를 더욱 떨리게 했다. 여자의 떨리는 감수성을 자극해 판단력을 흐리게 하려는 계산을 영모는 하고 있었는지도 모른다. 사랑하지만 때론 사랑을 동원하여 자신이 원하는 마음의 결과를 얻고 싶었던 영모는 영후의 존재가 드러난 것을 합리화하기 위해, 베리칩 홍보에 대해 이해시키기 위해, 진주의 마음을 갖고 싶었다. 어떤 상황에서도 자신에게서 도망치지 못하도록.

"누구 믿고 이렇게 사랑스럽냐. 너를 보면 내 가슴이 떨려. 너만 있으면 내가 병든 사람이라는 것도 잊게 돼. 너는 내 몸과 마음까지 피어나게 하는 하나님이 보내신 나의 천사야. 진주야! 한 달만 지나면 이식수술 받을 수 있어. 수술 후에 아버지한테 널 소개시켜줄 거고… 대학도 가고 건강한 몸이 되어 너랑 결혼도 하고 싶어. 나 기다려 줄 거지?"

진주는 얼굴을 붉히며 영모 팔을 내려놓았다.

"결혼이라는 중대사를 그렇게 쉽게 말하지 마. 사람들은 내 얼굴과 눈빛, 마음에 호감을 보이다가 마지막에 가서는 내 출신을 들먹거렸어. 아버지는 뭐하고 어머니는 어떻고 집안은 어떤지… 결국 사랑이 있어도 출신이 받쳐주지 않으면 소용없다는 걸 잘 알아. 그래도 유일하게 출신을 묻지 않는 사람이 너였어. 너네 부모님도 나같이 초라하고 볼 것 없는 집안의 사람을 며느리로 받아들이진 않으실 거야. 있는 집안에 좋은 배경을 가진 자매들 우리 교회만 해도 많아. 내가 다니는 교회 목사님한테 상처받고 싶지 않아."

영모는 진주를 바싹 끌어당겨 꼭 안아주었다. 그런 모습을 바라보는 영후의 눈빛은 날카로웠다.

"그렇지 않아. 아빠는 내가 원하는 것이면 무엇이든 해주셨고, 고집피우면 다 들어주셨어. 처음엔 조금 어려울 수도 있겠지만 날 믿고 따라와 줘. 네가 없으면 나도 산 것이 아닌데, 부모님도 내 뜻을 꺾지는 못해."

영모의 말이 왜 믿어지는지 모르지만 그 품에서 빠져나올 수 없었다.

"진주야! 넌 내꺼야."

출신에 대해 상처 받았던 지난날이 생각나서인지 진주의 눈망울은 젖어 있었다. 누군가 자신을 낯선 땅에 내려놓고 달아날 것만 같아 두려운 입술을 파르르 떨었지만 소금기둥이 된 것처럼 몸이 말을 듣지 않았다.

영모는 쓰러진 진주를 업었을 때 느꼈던 앙가슴의 뭉클거림이 떠올랐다. 촉촉이 젖어있는 진주의 눈망울을 보니 영모의 초점도 흐려졌다. 물결 같은 남자의 손바닥은 진주의 굴곡을 따라갔다. 파도에 젖은 듯 촉촉한 머리카락을 두 손으로 감싸 안은 영모는 진주의 눈에 가득한 맑은 영혼을 탐닉하고 있었다.

영후의 눈에 붉은 핏발이 번져갔다.

'니들이 말하는 내 몸의 유통기한이 끝나기 전에 내 여자를 찾아와야겠어. 너의 제물이 되기 전에 내가 너를 제물로 바치겠어. 그래야 세상이 공평하거든. 은혜는 안 갚아도 원수는 갚아야지, 나를 만든 사람을 죽이는 것보다 더한 것은 영모를 죽이는 것. 영모의 모든 것을 뺏는 것이 내가 살아남아야 하는 가장 큰 이유야.'

영후는 주먹을 불끈 쥐며 생각했다. 컴퓨터에서 복제인간을 검색해보며 자신의 존재에 대해 알아보았다. 알면 알수록 분노의 화살이 당겨지고 있었다. 벌떡 일어나 쪽문을 세차게 연 다음 꽝, 소리가 나도록 닫았다.

깜짝 놀란 진주는 옆방에 영후가 있음을 잠시 잊고 있었다는 것이 부끄러웠다. 영모는 분위기를 망친 영후가 얄미워서 견딜 수가 없었다.

"영모야, 이제 가야할 것 같아. 머리가 젖어서 찝찝해. 집에 가서 좀 쉬고 싶어."

영후 때문에 붙잡아 둘 수 없어 진주와 함께 나갔다. 얼마 전 아버지가 사준 승용차에 진주를 태웠다. 테라스에서 진주를 태우고 떠나는 자동차를 바라보며 영후는 괴성을 질렀다.언젠가 반드시 영모가 자신을 보며 괴성을 지르게 될 날이 올 것이라고 다짐했다. 구름 한 점 없는 맑은 날씨가 왠지 얄미운 하루였다.

chapter 5
클론

"박사님, 아들을 구해주십시오.
제발 부탁드립니다.
이번 일만 도와주시면 이 은혜 꼭 갚겠습니다.
이번 사건을 해결해 주실 분은 박사님 밖에 없습니다."

클론

수련회를 마치고 돌아온 사모가 영후를 먼저 찾았다.

"영후야! 엄마가 치킨 사왔다. 어서 나와라."

영후는 책상에 앉으려다가 이불을 얼굴까지 덮어 쓰고 얼른 누워 버렸다.

"자니? 그만 자고 어서 나와서 먹어봐."

'왜? 잘 먹여서 네 아들 장기로 쓰려고? 어림없지.'

이불속에서 눈을 흘기며 아무 대답도 하지 않았다. 사모는 방문을 닫아주었다. 그때 영모가 들어왔다.

"아들아, 왜 그리 안색이 안 좋니? 많이 아픈 거니?"

영모는 엄마 손을 끌어당기며 안방으로 들어갔다.

"엄마, 쟤 때문에 열 받아 죽겠어. 저 녀석이 가끔 나인 척 사기

치며 돌아다녀. 내 친구한테 영모라고 속이고, 엄마! 저걸 한번 혼내줘. 쟤 때문에 마음고생이 많아, 이식수술만 아니면 먼지 나도록 패줄 텐데."

사모는 깜짝 놀라 입술이 바들거렸다. 하지만 어쩔 수가 없어 속이 타긴 마찬가지였다. 저녁에 최목사가 들어오자 사모는 영후에 대해 털어놓았다.

"누구 아들한테 감히, 가만 있어봐. 내가 얘기 좀 해야겠어."

사모는 최목사의 바짓가랑이를 붙잡고 애원하며 소리죽여 말했다.

"그렇게 닦아서 좋을 게 뭐 있어요? 영후가 눈치 채고 도망갈까 두려워요. 조금만 참으면 다 해결되는데 왜 그래요?"

식사가 끝나고 과일을 먹을 때였다.

"영후야, 너는 동생인데 형 말 잘 듣고 사이좋게 지내라. 한 달만 잘 참으면 아빠가 네 차도 사주고 세계여행도 보내주고 해달라는 것 다해줄 텐데… 영후 잘 할 수 있지?"

"아, 배부르다. 잘 먹었습니다. 저 먼저 잘게요."

하고 싶은 말을 터트리면 당장 잡혀서 장기를 파내갈지도 모르니 영후는 눈을 마주치지 않으려는 듯 방으로 들어가 분노를 삼켰다.

'똑 같은 사람인데 영모는 모든 것을 가졌고 나는 모든 것을 빼앗겼다. 기억 속에 있었던 그녀와의 추억도, 엄마 아빠의 관심과 사랑도 모두 내 것일 수 있었는데, 다 가진 것도 모자라 내 장기까지

파내려하다니…'

방 안에 갇혀 있어도 죽음의 낭떠러지가 기다리고 있을 뿐이었다. 초침소리가 크게 들려왔다. 복수의 결의는 점점 굳어가고 미움은 커져만 갔다.

최목사는 영후가 영모를 괴롭히는 것이 이상하리만큼 싫어 잠을 이룰 수 없었다. 강박사가 떠올랐다. 더 큰 문제라도 생기기 전에 영후를 제압해야 할 것 같아 전화를 걸었다.

"그런 문제 같으면 진작 전화 주시지 그러셨어요. 클론에게 칩을 받게 하십시오. 특수 칩은 우리 중앙정부에서 관리가 됩니다. 생각은 물론 행동범위까지 관찰할 수 있습니다. 내일 새벽 5시까지 데리고 오십시오. 제가 제 3의 장소를 문자로 알려드리겠습니다. 그리고 다음 달에 영모 수술 날짜를 잡겠으니 걱정 마시고요. 사람이 많은 곳은 목사님이 곤란 할 수도 있으니 조용히 처리하도록 합시다."

"전화하기를 잘 했네. 진작 칩을 받게 할 걸… 아휴, 이제 속이 다 후련하네."

전화를 끊고 중얼거렸다. 내일 새벽 5시쯤 영모 모르게 데리고 가려고 일찍 잠을 청했다.

서든어택과 에이지오브코난 같은 잔인한 게임을 좋아하는 영후는 새벽 2시까지 컴퓨터 앞에 있다가 샤워를 하기 위해 욕실로 들어갔다. 세면대에는 형과 아우를 구분 짓기 위해 차고 다니던 영모의 백금목걸이가 놓여 있었다. 자신의 목에 걸고 거울을 쳐다보았다.

"내가 훨씬 더 잘 어울리네! 나는 너보다 월등한 유전자를 가지고 있어. 그렇다면 내가 영원히 살고 영모 네가 나를 위해 희생해주는 것이 우성의 법칙에 어울리지 않을까? 그렇다면 이것들도 내가 걸쳐야 더 폼 나는 게 아니겠어?"

혼자 키득거리며 머리를 매만지다가 영모 잠옷으로 갈아입고 곤히 잠든 영모 방으로 들어갔다. 그전에 몇 번 같이 잤기 때문에 어색할 것은 없었다. 영후는 자신의 이불을 영모에게 덮어주고 영모 이불을 슬쩍 걷어내었다.

새벽이 되어 사모는 영후를 깨웠다. 좀처럼 일어날 생각을 하지 않았다. 최목사가 들어가 영후에게 입체 게임기를 사러가자고 살짝 흔들어 깨웠다. 게임기라는 말에 벌떡 일어나 아무 의심 없이 옷을 챙겨 입고 방을 나왔다. 곤히 잠든 영모를 깨우지 않으려 세 사람은 고양이 걸음으로 집을 나왔다.

깊은 새벽, 자동차는 안개를 가르며 속력을 높이고 있었다. 잠이 덜 깬 영후는 일찍부터 어디 가느냐고 물었지만 아버지는 묵묵히 운전만 했다. 제 3의 장소에 도착해서도 뒷좌석에서 곯아떨어진 영후. 주변이 고요하고 인기척이 없는 한적한 장소라고 여긴 최목사는 차 밖으로 나가 전화를 걸었다. 몇 분 후에 흰 가운을 입은 남자 두 사람이 다가왔다. 영후를 깨운다면 저항할 것이 분명하니까 잠잘 때 받게 하는 것이 현명하겠다고 여겼다. 남자들은 영후의 팔에 소독거즈를 바른 후 부분 마취를 끝내자 놀란 영후는 몸을 비틀며 저항했지만 2초 만에 베리칩을 삽입했다. 칩을 넣었는지 겉으로는 티가 나지 않았다. 남자들은 어느 건물인가로 유유히 사라졌고 영후는 무슨 일이냐며 목청 높이며 소리 질렀다.

"아빠! 뭐하시는 거예요? 지금 저 사람들이 제 팔에 넣은 것이 뭐냐고요!"

이상한 기운을 느낀 영후는 자동차 보닛을 두드리며 미친 듯이 소리 질렀다.

"영후야, 다 너를 위한 일이야. 그러게 형 말도 잘 듣고 사이좋게 지내라고 하지 않았니? 너와 형을 구분 짓기 위한 일이니 너무 속상해하지 마라. 좋은 약을 하나 끼워 넣었다. 자, 이제 아빠랑 게임기 사러 갈까?"

"아버지! 제가 누군지 아세요? 영모라구요 영모! 전 진짜 게임기 사는 줄 알고, 영후 것을 빼앗고 골탕 먹이기 위해 따라온 것 뿐 인데 제 몸에 칩을 넣으셨다고요?"

"네가 영모라니, 아직도 정신 못 차리고 이렇게 건방지게 사람을 우롱할 셈이냐? 네 목에 목걸이가 없잖니."

"어? 목걸이가 어디 갔지? 그렇지만 제가 영모라구요 영모. 아버지, 아들도 몰라보세요?"

영모는 순간 자신을 증명할 방법이 무엇일까 생각하다가 얼마 전 영후와 목욕을 하다가 보았던 것이 생각났다. 영후는 할례 받지 않았다. 주위에 아무도 없는 것을 확인한 영모는 바지를 내려 아버지에게 할례 받은 자신을 똑똑히 보여주었다.

순간, 부부는 하늘이 무너졌다. 사모는 자동차 백미러를 붙잡으며 주저앉았고, 최목사는 바퀴를 발로 차며 소리 질렀다. 영후의 간교한 잔꾀에 속은 세 사람은 당장 달려가 영후를 죽여도 시원찮을 것 같았다. 그럴 수 없는 마음만큼 분노로 가득 채워졌다. 풀냄새가 진하게 세 사람을 둘러싸고 있었다.

최목사는 칩을 넣어 준 사무실 직원을 찾아갔다.

"복제인간하고 바뀌었어요. 제발, 이 칩을 빼주세요. 얼굴이 너무 똑같아 저희도 몰랐어요. 구분하기 위해 목걸이를 찾는데 그 녀석이 목걸이를… 제발, 부탁합니다. 우리 아들 이식수술도 얼마 안 남았는데, 이거 당장 취소해주세요. 네?"

애원하는 아버지의 목소리를 새벽안개는 소리 없이 거두어갔다.

"저런, 그러게 잘 알고 오셔야지 쌍둥이 구분하는 것까지 저희는 못합니다. 우린 강박사님의 지시로 칩을 넣은 것뿐입니다. 한 번 받은 칩은 3개월 안에 빼시면 상당한 부작용을 초래합니다. 아마 그 부작용으로 인해 아들의 이식수술에도 지장을 갖게 될걸요."

"아, 안됩니다. 제발 이 칩을 빼주세요. 금방 넣었으니 부작용은
적을 것 아닙니까?"

"그렇지 않습니다. 벌써 그 칩의 등록까지 마쳤고 Enter Key를
눌렀기 때문에 돌이키기가 곤란합니다. 그 대신 좋은 점은 많습니
다. 아들이 지금 신부전증으로 고생하고 있기 때문에 수술할 때까
지 면역억제제를 자주 안 먹어도 견딜 수 있습니다."

최목사는 강박사에게 전화를 걸어 사정을 말했지만 똑 같은 대답
이었다. 이식수술 마치고 어느 정도 몸에 부작용이 없을 때 칩을 빼
라고 권유했다. 최목사 가족은 기계인간한테 속은 자신들을 탓하며
이를 갈았다.

집으로 돌아온 최목사는 영후한테 달려가 분이 풀리도록 뺨을 때
렸다. 영문도 모르는 영후는 부어오른 볼을 만지며 아버지를 쳐다
보았다.

"너 때문에 우리 영모가 칩을 받았다구, 이 멍청아! 너, 왜 자꾸
영모인척 하며 영모 물건에 손을 대는 거니? 응? 얼마나 혼나고 싶
어. 그 목걸이 안 내놔?"

이러지 않을 거라고 다짐하며 올라왔지만 끓는 분을 감출 수 없
었다. 영후는 목걸이를 풀어 테이블 위에 말없이 올려놓았다. 사모
가 말려서 영후는 방으로 들어갈 수 있었다. 그날부터 영후에겐 외

출금지령이 내려졌다. 화장실 갈 때도 허락을 받아야 했고 음식은 방으로 넣어주었다. 식구들의 싸늘한 시선은 영후를 더욱 날카롭게 만들었다. 방에 갇혀 있으면서 영모가 수첩에 기록해 놓았던 진주와의 행보를 더듬으며 혼자 계획을 짜고 있었다. 영후의 방에 들어온 공기조차 사각의 틀에 갇혀 빠져나갈 수 없었다.

영후는 영모가 칩 받은 사실을 하루 빨리 진주에게 알려야 한다고 생각했다. 갇혀 있으니 좀처럼 기회가 오지 않았다. 삼일 내내 식구들은 돌아가며 영후의 방을 지켰다. 꼼짝도 하지 않는 영후에 대해 이제는 안심해도 된다 싶어 영모에게 맡기고, 사모는 은행 일을 보러 나갔다.

며칠 진주를 보지 못한 영모의 마음은 벌써 진주에게 가 있었다. 그녀와의 통화소리를 엿들은 영후는 영모가 나간 것을 확인한 후에 서랍에 있는 드라이버로 베란다 쪽문을 땄다.

영모 겉옷을 걸쳐 입고 택시를 타고 진주 집으로 향했다. 다행히 현관 앞에는 인기척이 없었다. 진주는 영모의 방문에 깜짝 놀랐다. 혹시 이번에도 영후는 아니겠지 하며 위아래를 훑어보았다. 영후가 급한 표정으로 말했다.

"진주야! 이제 확실히 우리 두 사람을 구분할 수 있는 방법이 생겼어. 영후가…"

"영후가 왜?"

"영후가 베리칩을 받았어. 그러니까 그놈 여기 오면 칩이 있는지 확인해 봐."

"어떻게 확인해."

"휴대폰의 스캐너기능을 열면 돼. 그걸 영후의 팔에 대봐. 당장 소리가 날거야."

놀란 진주를 데리고 영후는 집안으로 들어갔다. 진주가 커피를 타기 위해 포트에 물을 끓일 때 잠시 적막이 흘렀다.

"영모야, 이식 수술 끝날 때까지 찾아오지 마. 영후랑 똑같이 생겨서 내가 너무 혼란스러워."

그때 누군가 진주를 불렀다. 섬뜩한 생각에 문을 열어보니 또 한 명의 영모가 서 있었다. 진주를 보며 환하게 웃고 있었다. 진주는 화가 나서 휴대폰 기능을 열었다. 팔에 가까이 가기도 전에 띠리릭, 소리가 나며 휴대폰에 고유번호가 떠올랐다. 놀란 영모는 뒷걸음질 쳤다.

"내가 모를 줄 알아? 너, 또 영모 흉내 내면서 다니고 있니? 이렇게 칩까지 받아 놓고. 너랑 나랑 친구도 아니고 아는 사람도 아니야. 나가 줄래?"

놀란 영모는 안에 들어앉은 영후를 보며 다시 한 번 기가 막혔다.

"진주야, 나야. 내가 영모야, 저 녀석이 영후야. 이 팔에 있는 칩은 그런 칩이 아니야. 약물 투여를 위해 잠시 넣은 거야. 조금 있으면 뺄 거야. 내 말 좀 믿어줘. 너 또 저 녀석한테 속은 거라고."

목소리를 높였지만 진주는 칩이 있는 영모를 냉정하게 내쫓았다. 돌아서며 이를 갈았지만 소용없었다. 몇 주만 있으면 자신의 제물로 사라질 놈인데, 그 전에 자신이 오히려 제물이 된 것 같아 미칠 것만 같았다. 언제쯤 지긋지긋한 영후에게서 벗어날 수 있을지 며칠이 몇 년 같았다.

마음이 괴로운 영모는 답답한 집이 싫었다. 홀로 광화문을 걸으며 어쩌다 이런 상황까지 왔는지 짓눌려진 어깨를 하고 한참을 걸어 다녔다.

영후는 진주의 침묵이 싫어 한마디 건넸다.

"이식수술하고 나서 멀리 여행이나 가자!"

"생각해 볼게. 영모 너 알고 보니 너무 복잡한 사람이야. 나 혼자 알고 있기엔 머리가 아파."

"복잡하게 생각하지 마, 나도 간단하게 생각하기로 했어. 이에는 이 눈에는 눈."

"이제 돌아가라. 영후가 있는 한 너랑 자주 만나고 싶지 않아. 내 솔직한 심정이야."

좀 더 준비된 후에 본격적으로 작업하기로 생각하고 진주 방에서 나왔다.

집에 돌아와 영모가 아직 오지 않은 것을 확인한 영후는 영모 방으로 들어갔다. 현관문에 들어서면 거실에 있는 CCTV화면이 보이기 때문에 안심하고 작업할 수 있었다. 영모 컴퓨터에 지문인식을 통해 들어가 사생활을 엿보았다. 지문이 같기 때문에 읽기만 해도 메일이 자동으로 열렸다. 그동안 진주와 주고받았던 편지를 자세히 훑어보았다. 새로운 메일함에는 춘천 카페 이벤트 응모에 당첨되었다는 축하메시지가 들어있었다. 티켓을 프린트했다. 이런 좋은 기회를 자신이 먼저 클릭할 수 있는 것은 하늘이 준 기회라 여기며 그 메일을 영구 삭제시켰다.

다음날 오후 영모는 투석을 받기 위해 집을 나섰다. 소파에 두었던 영모 휴대폰을 영후가 숨겨놓은 것도 모른 채.

모두가 나간 것을 확인한 영후는 영모 옷으로 갈아입었다. 미리 챙겨놓은 영모의 수첩과 신용카드, 휴대폰을 넣고 다시는 도살장에 오지 않겠다며 집을 나섰다. 진주 집으로 향하며 전화를 걸었다.

"진주야, 기쁜 일 있어. 내가 춘천에 있는 3D 멀티카페에 이벤트 응모를 했거든. 그게 당첨되어 티켓을 쓸 수 있게 되었어. 그 티켓은 VIP 티켓이라 꽤 비싸. 오늘 안 쓰면 날아가거든, 지금 가고 있으니까 이십분 후에 집 앞에 도착할거야. 나오기만 해라."

"영모야, 나 오늘 좀 피곤해. 아무리 비싸도 다음에 가자. 별로 가고 싶은 마음이 안 생겨."

"안 돼. 오라버니가 너를 위한 이벤트를 준비했는데 안 간다고? 취소가 안 되니 가서 쉬면되니까, 서둘러줘. 알겠지? 집 앞에서 기다린다."

일방적인 통보에 당황했지만 진주는 내키지 않는 외출을 해야 하는 것이 부담스러웠다. 가지 않겠다고 말하려고 대충 겉옷을 걸치고 집 앞으로 나가보니 영모가 와 있었다.

"어서 타, 택시로 모실게."

"갑작스럽게 가자고 하는 게 너 취미니? 이상하게 오늘은 가고 싶지 않아."

"잠깐만 갔다 오자. 너 힘들게 안할게. 기사아저씨 기다리신다."

억지로 택시에 올라탄 진주는 그날따라 스캔 기능을 해볼 생각도 하지 않았다. 곧바로 춘천고속도로로 진입해서 예약해 놓은 카페로 갔다. 노을이 주변의 빛을 삼키는 것 같더니 금방 어두워져 춘천 시내는 화려한 조명을 밝히며 저녁을 맞이하고 있었다.

연인들을 위한 카페인데 무대가 정 중앙에 솟아있고 둥글게 방들이 둘러싸였지만 밖에서는 안을 볼 수 없는 특수유리였다. 천장과 벽면에는 원하는 분위기로 된 영상이 계속 흘러나왔다. 영후는 가을을 신청했기 때문에 허공에서 낙엽이 떨어지고 가을음악도 흘러나오고 있었다. 바스러지는 낙엽의 효과음향에 누구나 그 계절에 서 있는 착각이 들었다. 봄을 신청하면 벚꽃과 아름다운 꽃길이 나왔고 겨울을 신청하면 함박눈이 쏟아지며 눈 덮인 들판에 러브스토리를 찍을 수 있는 배경이 펼쳐지곤 했다. 얼굴을 드러내고 싶지 않은 연인들이 원하는 배경에서 사랑을 나누는, 비밀 연애를 보장해

주는 카페였기에 예약하지 않으면 들어갈 수 없었다.

무대에선 유명 가수 노래가 흘러나와 사람들의 흥을 돋우기도 했다.

"진짜 가을의 한 복판에 서 있는 것 같아. 요즘 가을비 때문에 단풍잎이 다 떨어져서 섭섭했는데… 영상기술이 많이 발전하긴 했구나! 영모야, 어제 교수님이 내준 자료를 정리한다고 밤에 잠을 못 샀어. 우리 음악 몇 곡만 듣고 돌아가자, 나 오늘 컨디션이 별루야."

종업원이 가져다준 칵테일과 체리 케이크는 화려한 색으로 눈을 유혹하고 있었다. 영후는 맨 정신으로 진주의 마음을 돌이키기 어렵다고 여겨 연인들을 위한 누드칵테일을 주문했다. 겉으로 보기에도, 맛으로 느끼기에도 사이다 빛깔이 나지만 알코올 성분이 위장되어 있었다. 목이 말랐던 진주는 음료인줄 알고 쉬지 않고 들이마셨다. 마실 때 탄산의 톡 쏘는 맛 빼고는 술이라는 생각이 들지 않을 정도로 감쪽같았다. 한 잔만 마셔도 소주 한 병의 알코올을 섭취하는 것과 같은 효과를 지니고 있었다.

"크으- 톡 쏘는 맛이 너무 강해!"

알코올을 모르고 맛을 본 진주는 잠시 후 몽롱한 얼굴이 되어 자꾸만 고개를 숙였다. 영후는 진주만 자신을 따라와 준다면 영모도 용서해주고 싶었다.

"진주야! 너, 이제 내 곁으로 돌아와라. 난 너만 있으면 돼. 그 녀석은 잔인한 놈이야."

"......"

진주는 어지럽고 눈이 감겨 영후의 말이 귀에 들어오지 않아 칵테일 잔을 두 손으로 잡고 엎드려 있었다.

"내가 지금 뭐 먹었니? 나, 왜 이러지? 네가 쌍둥이로 보여. 아, 맞다! 넌 두 사람이지, 영모와 영후, 아무래도 난 집에 가야겠어."

비틀거리며 일어서려는 진주의 몸을 잡아 자리에 다시 앉혔다.

"왜 벌써 가려구? 내꺼 마저 마셔. 피로가 싹 풀릴 거야.

눈이 가물거린 진주는 영후가 주는 잔을 반이나 들이키며 영후의 어깨에 기대었다. 다음 코스를 위해 택시를 카페 앞에 대기시켰다. 다리에 힘이 풀린 진주를 영후가 업고 나왔다.

택시는 춘천과 강촌 사이에 있는 모텔 앞으로 갔다. 집으로 가는 줄 알고 택시에서 내린 진주는 주변을 둘러보며 말했다.

"야, 나 집에 간다니까, 여기가 어디야. 왜 아직도 강물이… 흘러?"

기운이 빠진 진주는 영후 앞에서 폭삭 주저 않았다. 주변엔 덩그러니 모텔뿐이었다.

예약을 해놓았기에 카운터에 들르지 않아도 되었다. 맨 위 705호 전망 좋은 곳으로 올라가 진주를 소파에 눕혔다. 진주는 아직 정신이 온전하지 않은 탓인지 일어날 생각을 못했다. 꽹이잠을 자는 진주를 두고 영후는 샤워실로 들어갔다.

주머니에서 전화 진동이 계속 울리자 어지러움을 느낀 진주는 겨우 귀에다 전화기를 대었다. 다급한 영모의 목소리였다.

"진주야, 너 지금 어디야? 왜 이리 전화를 안 받아. 혹시 영후랑 같이 있어?"

"응? … 뭐?"

혼미한 어둠속에서 희미한 비상구 팻말이 잠깐 흔들려 보일 뿐이었다.

"나 영모란 말이야. 내 말 잘 들어. 내가 칩 받은 건 사실이지만 그건 영후한테 속아서 받은 거야. 영후를 관리하기 위해 칩을 몰래 넣으려다가 그 녀석이 우리 부모님을 속이고 나인 척해서 내가 억지로 받게 된 거야. 너 지금 영후랑 같이 있다면 그 녀석이 무슨 짓을 할지 몰라, 얼른 도망쳐."

"뭐라고? 쟤가 영모가 아니었어? 어, 여기가 어딘지 모르겠어. 너무 깜깜해. 무서워, 영모야. 살려줘."

"진주야! 내가 경찰을 부를게. 어디인지 말해봐. 진주야…"

인기척을 느낀 영후가 화장실에서 급히 나와 휴대폰을 뺏어 벽에다 힘껏 던져버렸다. 펑 소리와 함께 진주의 정신도 화들짝 깨어났다. 진주는 맨발로 문을 향해 뛰었지만 어떻게 열지 몰라 문고리만 흔들고 말았다. 문을 두드리는 순간 영후는 진주를 안아 침대에 던졌다. 출렁거리던 머리가 침대 모서리에 부딪혀 피가 흘렀다.

"난, 너와 함께 행복한 시간을 보내려고 온 거야. 허튼 짓 하면 내가 무슨 짓을 할지 나도 몰라. 가만있어!"

"너 영후 맞지? 어떻게 세 번씩이나 날 속일 수 있어? 정말 기계 인간은 무섭구나. 제발 나 집으로 돌아가게 해줘. 네가 한 일 아무에게도 말하지 않을게. 응?"

밤의 늑대처럼 빛나고 있는 영후의 눈동자는 어둠을 빌미로 조금씩 다가오고 있었다. 진주는 어느새 방 모퉁이까지 뒷걸음질치고 있었다. 순간 영후를 밀쳐내고 탈출을 시도하다가 머리채를 붙잡혔다.

"가만있으라고 했잖아!"

이를 갈며 말하는 영후의 목소리는 날선 칼날 같았다. 진주를 침대에 눕혀 그 위에 올라타 볼이 터지도록 뺨을 때렸다. 아버지에게 맞은 뺨을 생각하며 열배, 백배로 그 수치심을 되돌려주고 있었다. 게임에서 본 것처럼 온 몸을 갈기갈기 찢어서라도 자기 여자로 만들고 싶었다. 입술이 터지고 얼굴이 퍼렇게 멍이든 진주는 코 안의 동맥이 터져 피범벅이 되었다.

"내가 그렇게 더러운 인간으로 보이냐? 너와 함께 한 기억을 되돌릴 수 있다면 난, 그것으로 족해. 내가 먼저 널 사랑한 거야. 그녀석이 너를 빼앗고 부모의 사랑도 빼앗고 내 모든 걸 앗아갔어. 그렇지만 네가 나에게 돌아온다면 모든 걸 용서하고 너도 해치지 않을게. 그 놈 잊고 나랑 도망가자. 너를 살려 영모에게 보내면 난 금방 잡혀서 제물이 된다는 거 너도 알잖아. 내가 미쳤냐? 나도 생명인데, 인간이 인간에게 그렇게 할 수 있어?"

어느새 영후의 눈에서 굵은 눈물이 떨어졌다.

"나, 살고 싶단 말이야. 그렇게 개죽음 당하기 싫단 말이야! 아니야, 내가 먼저 죽여 버릴 거야! 영모가 가진 모든 것을 부셔버릴 거야!"

악을 쓰며 외치는 영후의 눈빛은 노기어린 설움이 깃들어 있었다. 달빛에 보이는 영후의 치아를 보는 순간, 진주는 사자 굴에 들어와 있는 듯 갈기갈기 찢어질 것 같은 두려움에 자신도 모르게 소변을 지리고 말았다.

"영후야, 이렇게 하지 마. 네가 새 인생 찾으려면 영모로부터 도망가면 되잖아. 나도 사실 영모 친구지만 너를 보면 마음이 아파. 그래도 생명인데, 사람들이 찾지 못하도록 멀리 떠나는 것이 어때?"

"요즘 세상은 숨어 살수도 없어. 다 알아봤어. 다른 것 필요 없어. 네 마음만 갖고 싶어. 너와 함께라면 어디를 가도 좋을 것 같아. 예전에 행복했던 그 추억 속으로 다시 돌아갈 수만 있다면 영모도 용서하고… 진주야! 나… 살고 싶단 말이야. 우리 같이 도망가자. 응?"

"난 안 돼. 늙으신 엄마가 나 하나 보고 사는데. 제발…"

"우리 엄마는 영모만 살리기 위해 나를 속이고 기만했어. 엄마들은 다 이상해. 보고 싶어 하지 마."

"이런다고 네 마음 받을 것 같아? 난 이제 영모 곁에서도 떠날 거야. 너희 두 사람 무섭고 지긋지긋해. 제발 날 풀어줘. 모든 것을 비밀로 할게. 약속해."

"아니, 네가 내 여자 될 때까지 넌, 집에 못 간다."

"영모가 지금쯤 경찰에 신고해서 이곳으로 오고 있어. 경찰 오기 전 날 풀어줘. 나 이대로 죽을 수 없어. 엄마가 고생하면서 나 하나 잘되길 기다리는데, 효도 한번 못해보고 이대로 끝날 수 없어. 제발 영후야, 여기서 나가면 네가 시키는 대로 할게. 일단 여기서 나가자. 살려줘 제발…."

애원하는 진주의 겉옷을 벗기려 하자 입술을 부르르 떨며 옷을 꽉 붙잡았다. 화가 난 영후는 거칠게 겉옷을 벗기고 블라우스를 뜯어버렸다. 단추가 떨어져 나갔고 진주는 마지막일지 모를 비명을 질렀다.

"소리 지르지 마! 죽여 버릴 거야! 내말 잘 들으면 넌 살 수도 있어."

그 말에 놀란 진주는 입을 틀어막다가 피범벅이 된 자신의 얼굴이 떠올라 다시 눈을 감았다. 어둠속에서 도우시는 하나님의 손길이 느껴지지 않았다. 천사도 뚫고 들어올 수 없는 지옥의 한 복판이 여기일 거라 여기며 진주는 두려움에 몸을 떨었다.

어느새 영후의 손이 진주의 피 묻은 입술을 닦고 있었다. 움켜쥔

블라우스를 찢으려하자 여기서 죽을 수도 있다는 두려움에 진주의 몸은 더 딱딱하게 굳었다. 시커먼 입술이 진주를 향해 다가왔다. 죽어도 자기 몸을 더럽히고 싶지 않은 진주는 영후 얼굴에 대고 입안에 고인 핏물을 있는 힘껏 뱉어버렸다. 영후는 진주의 머리채를 한 손으로 잡아 바닥에 쿵쿵 찍어버렸다. 숨이 막힐 듯 했지만 엎어진 채로 움직이지 못했다. 진주는 엄마의 따스했던 품을 기억하듯 가물거리는 엄마를 부르며 잠들지 않으려 발버둥치고 있었다.

목젖이 타는 갈증을 느낀 영후는 흥분을 가라앉히지 못해 씩씩거리며 냉장고 문을 열었다. 레드와인을 꺼냈지만 코르크마개 때문에 딸 수 없었다. 집에서 들고 나온 맥가이버 칼을 꺼내 뜯으니 윗부분이 조금 부서칠 뿐이었다. 화가 슬며시 오르기 시작하자 칼끝으로 코르크 마개를 수십 번 찔렀다.
마개가 두둥실 와인 위에 떠다녔다. 단숨에 들이마시다가 입가에 붉게 새어나오는 와인을 쓰윽, 손으로 문질렀다.

그 시각 영모는 온몸에 두드러기가 날 만큼 불안한 시간을 보내야했다. 진주와 마지막 통화를 하고 나서 곧바로 전원이 꺼져 있어 위치추적도 어려웠다. 뒤늦게 도착한 최 목사는 영후를 밧줄로 묶어놓지 못한 것을 후회했다. 영모는 얼마 전 귀에 휴대폰을 심어준다는 광고를 그냥 지나쳐버린 것을 후회했다. 귓속에 작은 칩을 끼우기만 하면 휴대폰을 잃어버릴 염려도 없고 범죄에 악용될 리도 없는데, 그리고 진주가 영후에게 끌려가지도 않았을 텐데… 머리를 쥐어뜯으며 소리쳤다.

"아빠! 진주가 위험해요. 영후가 무슨 짓을 할지 모른다 말이에요. 이식이고 뭐고 일단 사람부터 살려야 하잖아요. 경찰에 신고해서 위치부터 파악해야 해요. 네?"

"이 녀석이, 진정하지 못해? 까딱하다가는 아빠 목회도 끝장이고, 네 이식도 물 건너간단 말이야. 세상에 이 일이 알려지면 아빠…"

"아빠, 진주는 내가 좋아하는 여자란 말이에요. 만약에 진주한테 무슨 일이라도 생기면 난 어떡해요."

"괜찮다. 그런 일, 안 생길 거다. 우리… 집에서 기도하면서 기다려보자."

침묵을 갉아먹는 시계소리가 거실을 가득 메우고 있었다. 한 시간이나 지났을까, 엘리베이터를 열고 낯선 걸음 소리가 들려왔다.

"이 시간에 누구지? 영후가 왔나?"

사모는 떨리는 손으로 인터폰을 들었지만 영후는 아니었다.

"누…구세요."

"춘천경찰서 강력계 김복수입니다. 최영모 군을 만나러 왔습니다."

영모는 올 것이 왔다는 듯 소파에 그대로 앉아 머리를 떨어뜨렸고 최목사가 벌떡 일어났다.

"이 밤에 무슨 일입니까?"

"네, 엘도라도 모텔에서 일어난 살인 사건에 유력한 용의자, 최영모 군을 연행하러 왔습니다. 묵비권을 행사할 수 있고 변호사를…"

"아, 아닙니다. 우리 아들은 줄곧 이 집에서 나와 함께 있었는데 살인 사건이라뇨? 당치 않은 말씀입니다."

"나진주라는 여대생이 모텔에서 온몸이 구타당한 채 과다출혈로 21시 45분경에 사망했습니다. 깨진 와인 병목 부분으로 뒷목을 찔러 죽인 사건입니다. 사건현장에 찍힌 CCTV에 영모군의 모습이 찍혀있었고 모텔 안에는 영모군의 지문이 여러 군데 찍혀 있었습니다. 자, 경찰서로 동행해 주셔야겠습니다."

"형사님, 이 사건은 생명공학 강기신박사와 관련되어 있습니다. 그 분이 사건에 참여한 것은 아니지만 그 분이 이 사건을 철저하게 규명해 주실 것입니다. 우리 아들은 급성신부전증으로 오늘 투석 받고 왔습니다. 줄곧 집에 있었다는 증거자료도 있습니다. 아파트 CCTV를 확인해보면 알 것 아닙니까? 제 아들은 환자입니다. 극심한 스트레스를 받으면 무슨 일이 벌어질지 모르는 중증환자란 말입니다. 제가 강기신박사님께 연락해서 사건에 대해 증언해 달라 하겠습니다. 조금만 기다려 주십시오."

"그럴 수 없습니다. 영모군이 도주의 염려는 없으나 현재 유력한 용의자이기 때문에 경찰서로 가야 합니다."

"지금 당장 강박사님께 연락 하겠습니다."

"강박사님은 어떻게 아십니까?"

"아, 그 분과는 막역한 사이입니다. 조금만 기다리신다면 사건의 전말을 증언해 드리겠습니다."

"그래도 저희로서는 이럴 수밖에 없습니다. 일단 아드님을 경찰서로 가서 조사를 받게 해야 합니다. 나중에 강박사님을 만나시거든, 그 때 다시 찾아오십시오. 강박사님하고 잘 아신다하니 일단 언론에는 이 사건을 드러내지 않겠습니다. 최영모군, 갑시다."

영모의 몸을 붙잡고 사모는 소리 없이 울고 있었다.

"그렇다면 아들이 지금 환자이니 집사람도 함께 갈수 있도록 배려해 주십시오."

"그렇게 하십시오."

영모는 자신이 연행되는 억울함보다 진주를 지켜주지 못한 죄가 더 크다는 것을 알고 순순히 따라나섰다. 영모가 경찰차에 올라타는 것을 보고 최 목사는 아들에게 당부했다.

"아빠가 강박사님 만나고 바로 너한테 갈 테니 조금만 기다리고 있거라. 엄마가 옆에 있으니 아무 걱정 말아라. 아빠가 다 해결해줄게."

경찰차가 아파트를 빠져 나가고 있는 것을 보고 자신의 차로 가 강박사에게 전화를 걸었다. 받지 않았다. 차를 몰면서 계속 발신을 터치했다.

"여보세요."

"박사님! 저 최목사입니다. 박사님 저를 좀 도와주십시오."

"이 늦은 시간에, 무슨 일이십니까?"

"박사님! 지금 어디 계십니까? 제가 그 쪽으로 찾아뵙겠습니다."

"목사님, 무슨 일인지 모르지만 내일 저녁 서울로 올라갑니다. 지금 강릉에서 세미나 중인데 내일 마지막 강의 준비 중이라 만나기가 곤란합니다."

"잠시면 됩니다. 20분 정도만 제게 시간을 주십시오. 저를 만나주신 은혜 꼭 갚겠습니다."

"이거 어쩌나, 시간을 많이 비울 수 없는데, 그렇다면 알겠습니다. 강릉 가드바 호텔 606호로 오십시오. 기다리고 있겠습니다."

전화를 끊고 최목사는 가속페달을 밟았다. 누군가 뒤에서 자신을 쫓아오는 것 같은 초조함으로 속력을 내었다. 앞에 차들이 많지 않다면 이백 킬로는 거뜬히 밟을 수 있을 것 같았다. 문득 처리할 일이 생각나 사모에게 전화를 걸었다.

"당신은 담당 형사 조용히 만나면서 얘기 해봐. 내일 아침 언론에 이 사건이 나오면 교회도, 목회도 끝장이야. 그걸 막으려면 김형사를 잘 구슬려야 해. 내 말 무슨 말인지 알아듣지? 계좌번호를 조용히 따내란 말이야."

"알겠어요. 일은 잘되고 있는 거죠? 우리 너무 불안해요. 여보!"

걱정 말라하고 전화를 끊었다. 자동차 앞 유리에 떨어지는 늦가을 비를 와이퍼로 열심히 닦아냈지만 최 목사의 마음은 막막하기만 했다. 길섶에 고인 빗물을 가르며 달려도 물은 갈라졌다가 다시 합쳐졌다. 가속페달을 세게 밟을수록 허공을 나는 기분이었다. 어떤 어려움이 와도 끄떡없는 산을 하나 가졌으면 좋겠다고 생각했다. 아니, 아들의 짐을 내려놓기만 해도 살 것 같았다. 어느새 강릉 가드바 호텔에 도착했다. 엘리베이터를 누르는 최목사의 손은 떨렸다.

"하나님, 보고 계시죠. 저를 좀 도와주세요. 아들을 살리고 싶은 이 애비의 마음을 하나님도 잘 알고 계시잖아요. 누구나 자식을 가진 부모라면 애타는 이 마음을 모르실리가 없어요. 살려주시리라 믿습니다."

606호 앞에 서서 잠시 호흡을 가다듬었다. 비상구 불빛만 보이는 복도에 있는 검은 어둠이 일제히 최목사를 향해 달려들었다. 온몸이 어둠의 세력에 감기는 것 같아 얼른 노크를 했다. 강박사가 가운을 입은 채 문을 열어주었다. 레드 와인을 두 잔 따라 한 잔은 최목사에게 권했다. 최목사는 와인병만 봐도 뒷목이 서늘해지는 것 같아 쳐다보기도 싫었다.

"박사님, 큰일 났습니다. 클론이 아들의 여자 친구를 죽이고 사라졌습니다. 경찰은 복제인간을 눈치 채지 못했지만 CCTV와 지문만으로 아들을 연행해 갔습니다. 박사님! 도와주십시오. 아들이 하루아침에 살인자가 되었습니다."

담담한 얼굴로 와인 잔을 든 채 강박사는 말이 없었다.

"박사님, 이번 일 해결해 주시면 제가 그 은혜 잊지 않겠습니다."

"클론의 제품관리를 철저히 하라고 특별히 강조했을 텐데요."

"그동안 그럭저럭 잘 지내왔습니다만, 이렇게 끔찍한 일을 저지를 줄은 꿈에도 생각 못했습니다."

"돌발행동을 예측하라고 했는데…"

강박사를 간절히 바라보던 최목사의 손에 땀이 나고 있었다.

"어렵습니다. 클론의 절차를 제대로 밟았다면 정식으로 복제인간을 체포하라고 조서를 내릴 수 있지만 절차 없이 한 특별한 클론에 대해선 그렇게 할 수가 없습니다. 목사님께 해드린 복제비용과 특별한 혜택은 감히 돈으로 환산할 수도 없는 값어치라는 걸 잊으셨습니까?"

강박사는 또다시 빈 잔을 차르륵, 채웠다. 호텔 창가에 비쳐오는 달빛을 따라 빛의 속도로 증발되고 싶은 마음 뿐, 최목사는 다른 마음을 품을 수 없었다. 아들을 살려야겠다는 한 가지 목적밖에는 어떤 생각도 떠오르지 않았다. 최목사는 어쩌다 이렇게까지 비굴한 상황까지 왔는지, 자신에게 되물었다. 흐르는 적막이 무섭고 견딜 수 없어 최목사는 무릎을 꿇고 말았다.

"박사님, 아들을 구해주십시오. 제발 부탁드립니다. 이번 일만 도와주시면 이 은혜 꼭 갚겠습니다. 이번 사건을 해결해 주실 분은 박사님 밖에 없습니다."

"좋습니다. 일단 결과가 어떻게 될지 장담할 수 없지만 지금, 총리께 전화를 걸어보겠습니다."

강박사는 총리와 십여 분간 통화를 하였다. 몇 마디 알아들을 수 있는 단어들이 귀에 들어왔지만 최목사의 가슴은 폭우에 쓸려간 절벽처럼 아슬아슬할 뿐이었다. 저들이 말도 안 되는 것을 요구하면 어쩌나 걱정되었지만 감당할 만큼일 거라 생각했다.

"목사님! 총리께서 한 가지만 이행하신다면 직접 전화를 걸어 이 사건을 조용히 마무리 하도록 조치를 취해주시겠다 합니다. 복제인간도 빠른 시간에 잡아들여 이식수술도 진행하라고 하네요."

"요구사항이 무엇입니까?"

"목사님 부부가 베리칩을 받으셔야 합니다. 그것 밖에는 이 사건을 해결할 방법이 없습니다."

와인 병으로 머리를 맞으면 이런 느낌일까…

순간 정적이 흘렀다.

"제발, 그것만큼은… 다른 요구사항으로 하시면 안 되겠습니까? 그건 목사로서 할 수 없는 일입니다. 제가 칩을 받으면 주위에서 이단 삼단 할 테고, 정말 어려운 조건입니다. 광고를 더 적극적으로

해드리면 안될까요?'

강박사는 침대에 앉으며 말했다.

"그렇다면 얘기는 끝났습니다. 돌아가십시오. 도와드릴 방법이 없습니다."

"아, 아닙니다. 당장 대답하기 곤란해서 그렇습니다."

"그러시다면 내일 새벽 5시까지 답변해 주십시오. 빨리 결정할수록 총리께서 문제를 조속히 해결할 수 있습니다. 칩을 받으면 현재 목사님 위치보다 높은 명예를 얻을 수 있는 길이 열립니다. 아들은 수술 받고, 목사님은 큰 목회를 향해 물꼬를 트는 것과 같습니다."

어떻게 호텔을 빠져나왔는지 다리에 힘이 풀려 시동키를 누른 후에도 멍하니 앉아 있었다. 자동으로 켜진 내비게이션이 넘치는 친절로 안내했다.

'주인님! 어디로 모실까요? 목적지를 말씀해 주십시오. 주인님? 어디로…'

"꺼져! 꺼지라구!"

비아냥거리는 것 같은 불쾌감이 반복해서 들려와 내비게이션 연결선을 확 뽑아버렸다.

무슨 정신으로 고속도로를 달려왔는지 어느새 춘천 경찰서에 도착했다. 형사 앞에서 고개 숙인 채 조사 받고 있는 영모가 한 눈에 들어왔다. 최목사는 김형사에게 아들이 무리하면 쓰러질지 모르니 쉬게 해 달라 부탁하자 대기실에서 쉴 수 있게 해주었다.

"형사님! 사건이 어떻게…"

"일단, 알리바이를 통해 아들의 행적을 확인했지만 사건현장에 있던 지문과 CCTV는 피해갈 수 없습니다. 그것을 해명해줄 단서가 필요하지만 현재로서는 용의자 명단에서 빠져나갈 수 없는 상태입니다."

"형사님, 총리께서 몇 시간 지나면 전화를 걸어 이 사건을 말씀해 주실 것입니다. 일단 아들의 병원 투석 기록을 대조해 주시면 안되겠습니까?"

"그러잖아도 강박사님으로부터 연락이 왔습니다. 아침에 지시가 따로 있을 때까지 사건을 보류해달라고…, 강박사님하고는 무척 가까운 사이인가 봅니다."

"네, 막역한 사이입니다."

물에 빠진 휴지처럼 맥없이 대답하는 최목사의 눈동자는 멍하니 모니터의 끝을 응시하고 있었다.

"일단 영모군의 알리바이를 확보해 두었지만 문제는 기자들이 아침마다 냄새 맡고 기웃거리니, 그게 걱정입니다."

"형사님 이름으로 된 계좌 말고 제 3의 계좌를 제게 보내주십시오. 교회명예가 걸린 문제인 만큼 이 사건이 노출되지 않도록 막아만 주십시오. 제가 거기에 대한 비용은 보내드리겠습니다."

최목사는 김형사와 이야기를 마무리 한 후 사모를 불렀다.

"뭐라고요? 영모가 억울하게 칩 받은 것도 모자라 우리도 칩을? 말도 안 돼."

"흥분하지 마, 억울하고 기막혀도 지금 영모를 살릴 수 있는 방법은 그것밖에 없어. 칩을 받았다 해서 당장 어떻게 되는 건 아니잖아. 유명 연예인이나 국회의원들, 칩 받고도 승승장구 잘만 나가잖아. 내 몸에 기계를 끼워 넣는 것이 못마땅하지만 지금, 선택의 여지가 없어 나도 괴로워. 칩을 받으면 당장 총리가 나서서 일을 조용히 마무리 해줄 수 있대."

"여보, 날벼락이 우리 집에 두 번씩이나, 아무래도 우리가 덫에 걸린 것 같아요. 내 몸에 칩이 들어온다는 것, 생각만 해도 소름 돋아요."

"칩을 받으면 아들을 살릴 수 있고 무엇보다 살인자의 누명도 안 쓸 수 있잖아. 그냥 단순한 세균이 내 몸에 들어왔다고 생각해."
"여보, 흑, 흑."

새벽 3시를 넘기고 있었지만 최목사의 정신은 더욱 오롯해지는 것 같았다. 영모가 극심한 스트레스를 받았는지 입술 주변에 두드러기가 피어났다. 최목사는 영모를 보며 측은한 설움이 밀려왔다. 자식이 뭐 길래 자식을 위해서라면 지옥의 구렁텅이라도 마다하지 않아야 하는지, 자식은 생의 족쇄 같다고 느끼며 그렇게밖에 할 수 없는 자신의 마음도 보이지 않는 그 무엇에 족쇄가 걸린 듯 했다.

막다른 골목에 서있는 최목사는 참담한 생각을 가눌 길 없어 강박사에게 전화했다.

"박사님, 저희 부부 칩을 받겠습니다. 제3의 장소를 선택해 주십시오."

"잘 생각하셨습니다. 여기서는 베리칩의 실적을 무엇보다 중요하게 생각합니다. 컴퓨터로 모든 세상이 돌아가고 있는 지금, 칩을 받지 않으면 그 어떤 도움과 해결책도 받을 수 없는 것이 현실입니다. 지금 경찰서에 연락해 놓겠습니다. 총리께서도 최목사님의 앞길에 큰 힘이 되어주겠다 약속하셨습니다."

"칩 받은 후에 언제든지 빼고 싶으면 뺄 수 있나요?"

"물론입니다. 그러나 3개월이 지나야 뺄 수 있습니다. 그때까지는 의무착용입니다."

선악과로 유혹하는 뱀처럼 강박사의 속임수가 최목사에게 젖어 들었다.

"박사님, 영후를 무슨 수로 찾을 수 있습니까?"

"그건 걱정 마십시오. 제 수하에 사람이 많고 시스템을 총동원하면 금방 잡을 수 있습니다."

"네, 박사님만 믿고 기다리겠습니다."

통화가 끝난 후 대기실에서 바라보니 김형사가 누군가와 굽실거리며 통화하는 것이 보였다. 김형사가 최목사에게 은밀히 다가왔다.

"형사생활 25년 넘게 했지만 세계정부 최고지도자인 총리 전화를 받아보기는 처음이네요. 유명한 강박사님하고 두 번이나 통화하구요. 이번 사건이 극비리에 진행하는 복제인간연구이기 때문에 더, 조심스럽다고 말씀하시더군요. 박사님께서 복제 사실이 언론에 드러나지 않도록 해 달라 특별히 당부하셨습니다."

"목사님이 보내주신 비용으로 아침에 기자들이 냄새 맡고 달려오지 못하도록 따돌려 놓겠습니다."

"아무쪼록, 힘써주십시오."

"피해자의 어머니가 아침에 도착할 것입니다. 거기도 조용히 장례를 치르도록 목사님이 신경써주셔야 할 것입니다."

"그렇게 하겠습니다. 사건은 어떻게 마무리 되겠습니까?"

"일단 강간 미수 살인죄로 적용할 것입니다. 전에 살인하고 도망간 수배범의 전단지를 모든 관할 파출소에 전송할 예정입니다. 사고를 당한 사람은 불행한 일이지만 이 사건이 노출되면 외교적 문

제로 시끄럽게 되어 국가적 손실이 발생될 것이라 했습니다. 여대
생 가족에게 적절한 보상도 잊지 않으신다면 잘 해결될 것입니다."

"여러모로 수고가 많습니다."

"영모군 데리고 돌아가시면 됩니다. 아참! 지금 가시면서 칩 등
록을 마쳐야 경찰 전산작업도 변경할 수 있습니다."

최목사는 지친 아들을 데리고 집으로 향했다. 영모를 방에 눕히
고 나와 제 3의 장소로 달려갔다. 아들을 끌고 와 칩을 받게 한 그
장소였다. 최목사는 가까스로 터널을 빠져 나왔지만 목사로서 느끼
는 수치심, 온 몸이 벗겨지는 느낌이 들어 자꾸 옷을 여며보았다.
몸도 정신도 가볍지 않았다.

5분도 안 걸려 칩을 받고 나니 조금 허무했다. 칩을 받으면 당장
전기가 찌릿할 것 같았는데 아무것도 달라진 느낌을 찾을 수 없었
다. 마음에서 오는 불쾌감 빼고는 괜찮았다. 최목사는 집에 사모를
내려주고 가면서 강박사에게 전화를 걸었다.

"네, 잘하셨습니다. 벌써 제 파일에 목사님의 명단이 올라왔습니
다. 총리께서도 벌써 알고 계십니다. 걱정하지 마시고 피해자 가족
뒤처리나 잘하시면 되겠습니다. 조만간 만날 일이 있을 겁니다."

한시름 놓았지만 마음은 편치 않았다. 뒤를 닦지 않고 화장실을
나온 것처럼… 옷을 다 벗고 광장에 홀로 서있는 것처럼… 이제 엔

터키 한 번이면 사람의 운명도 좌지우지할 수 있고 그 영혼의 전원도 꺼버릴 수 있단 말인가?

새벽까지 내리던 빗방울이 햇살에 뽀송뽀송 말라가고 있었다. 언제 그랬냐는 듯이, 언제 비가 왔었냐는 듯이 태양은 세상의 수분을 빨아올리고 있었다.

chapter **6**
휴머니즘

"넌 사람도 아니고 짐승도 아닌 터미네이터 라인을 가진 제품일 뿐이니까."
"얼마나 많이 만들어 얼마나 많이 죽였어?"
"셀 수 없지! 사람이 사람을 만들고 휴머니즘은 휴먼마켓을 개장하고…

너희들은 너희가 파놓은 멸망의 불구덩이로 모두 떨어질 것이다.
나는 죽어서도 인간의 그림자를 파먹으며 지옥의 길목에서
반드시 너희를 갈기갈기 찢어놓을 것이다!"

휴머니즘

운전 중에 최목사는 오전도사에게 전화를 걸었다.

"진주가 오전도사 교구에 있는 청년 맞습니까?"

"네, 그런데요. 무슨 일이라도…"

"진주가 강도에게 살해를 당해 춘천 병원 영안실에 있으니 조용히 장례를 치를 수 있도록 오전도사가 도와주셔야겠습니다."

"네? 나진주 말씀입니까? 그 아이가 왜요?"

"오전도사! 이번 사건이 불행한 일이지만 이것이 교회 안팎으로 소문이 나거나 언론에 노출되면 교회 이미지와 전도 사업에 불이익이 미칠 것이니 다른 교구에 알리지 말고 조용히 일을 처리해주세요. 제가 오전도사에게 특별히 내리는 임무인 만큼 최선을 다해주셔야 합니다. 그래야 제 목회를 온전히 도울 수 있는 것입니다. 장례비용과 위로금은 넉넉히 드릴 테니 오전도사가 섭섭지 않게 해주세요. 지금 춘천으로 출발하십시오."

"목사님, 진주는 성가대 봉사 뿐 아니라 기도도 많이 하고 믿음도 예쁜 아이인데, 어쩌다 이런 일이…"

"자세한 얘기는 나중에 만나서 합시다. 영모가 진주 친구라는 것 때문에 용의자로 의심을 받았지만 곧 알리바이를 통해 무죄임이 입증되었습니다. 교회이미지와 내 신변에도 타격을 입지 않도록 오전도사의 언행에도 각별히 조심해 주세요."

진주어머니가 춘천 병원에 도착할 때만 해도 딸이 죽었다는 것을 알지 못했다. 많이 다친 것으로 알고 강릉에 있는 진주언니와 함께 응급실에서 명단을 찾았지만 영안실에 이름이 있는 것을 보고 진주어머니는 오열하며 걸음을 옮겼다. 싸늘하게 냉장보관 되어 있는 진주의 시신은 파랗게 질린 얼굴로 온 몸이 멍들고 붉게 부어 딸이라는 것을 알아볼 수 없을 만큼 처참했다. 눈을 뜨고 죽은 시신은 얼마나 공포에 떨었는지를 짐작케 해, 보는 이로 하여금 가슴을 쓸어내리게 했다.

"진주야! 내 딸이 이렇게 비참하게 죽었을 리가 없어. 그럴 리 없어. 우리 진주가 아닐 거야!"

무너진 진주어머니를 오전도사는 꼭 안아주었다. 뒤늦게 도착한 로미도 함께 쏟아지는 눈물을 닦고 있었다.

"어머니, 죄송해요. 함께 살면서 진주를 지키지 못했어요. 이일을 어떡해요. 흑, 흑."

오전도사는 믿을만한 구역장에게 장례절차를 지시했다. 찾아오는 이도 드물어 진주의 죽음은 더 서글퍼졌다. 진주언니와 로미는 담당형사를 만나겠다고 경찰서에 갔다.

"미수에 그친 성폭행이라 형사로서도 참담하기만 합니다. 범인이 도주했지만 조만간 잡힐 것입니다. 일단 장례를 잘 마무리 하시고 수사는 저희에게 맡겨주십시오. 최선을 다하겠습니다."

로미는 분개했다.

"아직 범인도 못 잡았다는 것이 말이 안 되잖아요. 어제 아침 진주한테 문자가 왔었어요. 영모가 갑자기 춘천가자고 하는데 너무 가기 싫다며…, 최영모 그 사람은 조사하셨나요?"

"저희도 가장 먼저 조사했는데 그날 영모군이 병원에 투석을 받으러 간 것과 사건발생 전에 아파트 현관으로 들어간 CCTV화면과 집안에 있었다는 알리바이가 입증되었습니다. 기록을 보여드리겠습니다."

진주는 그동안 로미에게 클론에 대한 이야기를 조금도 내비치지 않았다. 영모와의 굳은 약속 때문이었다.

"최선을 다해 범인을 검거하겠습니다. 피해자가 성폭행을 당하지 않으려 몸부림치던 흔적이 여기저기 있었습니다. 얼굴이 드러나니까 사건을 은폐하기 위한 우발적 범죄일 가능성이 높습니다. 교회에서 장례를 전부 책임지고 맡아 주실 것이고 위로금 또한 적잖게 나올 것입니다. 저희도 소식 있는 대로 연락드리겠습니다. 제 명함을 받으세요."

최목사가 영안실에 찾아와 오전도사에게 경과를 보고 받고는 진주어머니를 만났다. 진주의 사진을 부여잡고 울부짖던 어머니에게 최목사는 조용히 말을 건넸다. 오전도사는 주변 사람을 바깥으로 내보냈다.

"진주 어머니, 뭐라 위로의 말씀을 드려야할지 모르겠습니다. 갑작스런 소식을 접해 목사로서도 비통함을 느낍니다. 교회에서도 열심히 봉사하는 청년이어서 장례절차에 따른 모든 비용, 위로금은 섭섭지 않게 챙겨드리겠습니다. 교회가 들어놓은 보험에서도 보상금이 나올 것입니다. 이것으로 위로가 되지 않겠지만…"

"내 딸이 무슨 죄가 있어 이렇게 처참하게 죽었단 말입니까? 그저께 통화하면서 엄마 걱정 그렇게 해주던 내 딸이, 하루아침에 이렇게 잔인하게 짓밟힐 수 있단 말입니까? 너무 억울합니다. 진주야… 차라리 엄마가 죽어야지 네가 왜! 왜!"

정신을 잃을 정도로 울부짖는 진주어머니의 모습을 주변사람들은 차마 볼 수 없어 고개를 돌렸다.

영정사진 속에서 환하게 웃고 있는 진주를 보며 로미는 중얼거렸다.

"이 바보야, 알고 있니? 그렇게 너의 보디가드가 되겠다며 설쳐

대던 영모, 너를 지켜주겠다던 그 잘난 영모, 지금 어디 있니? 내가 말했잖아. 남자는 믿으면 안 된다고. 네가 영모를 사귀지 않았다면 이렇게 죽지 않았을 텐데. 진주야! 난 영모를 용서하지 않을 거야."

소리 없는 눈물이 로미의 무릎을 적시고 있었다.

영모는 방구석에 멍하니 앉아 진주 앞에 갈수 없는 자신을 미워하고 있었다. 영후와 있는 것을 뻔히 알면서도, 진주가 위험에 처한 것을 알면서도 경찰에 신고하기를 주저했던 자신의 알 수 없는 마음이 무섭고 싫었지만 그럴 수밖에 없었다는 이유가 자꾸 떠올라 미칠 것만 같았다.

"얼마나 무서웠을까? 얼마나 나를 기다렸을까? 영후는 나 때문에 악이 받쳤을 텐데 진주가 고스란히 내 죄를 삼키고 말았구나. 난 지금도 내 안위 때문에 진주가 떠나는 것도 보지 못한다. 가을에 떠나는 걸 무척 싫어했는데…"

발인예배를 드리고 진주는 화장터로 향했고 한줌 재가 되었다. 유족들은 재가 되어 나온 진주를 부여잡고 통곡했다. 납골당에 안치된 진주는 아직도 자신의 죽음을 모르는지 사진 속에서 여전히 환하게 웃고 있었다.

"진주야. 니 여기 답답해서 있을 수 있겠나… 엄마가 같이 있어 줄까? 내 딸아… 내가 죽고 니가 살아야지!"

가슴을 치고 머리를 흔들며 통곡하던 진주어머니는 결국 실신하고 말았다. 이 땅에서 받은 죽음의 고통을 잊고 천국에서 행복하길, 모인 사람은 눈물을 삼키며 간절히 기도하였다.

11월, 잎을 털어낸 앙상한 나뭇가지들이 텅 빈 거리를 지키고 있었다. 하늘은 금방이라도 첫눈을 뿌릴 듯 잔뜩 찌푸린 모습이었다.

영후는 원주 땅에서 배회하였다. 낯설었지만 그 낯설음이 처음엔 편하게 느껴졌다. 아무도 모르기에 누구에게도 잡히지 않을 수 있다고 생각되었다. 진주를 죽이느라 영모를 죽이지 못한 것이 아쉬웠을 뿐.

그 사이 계절이 바뀐 탓인가? 영후는 쌀쌀한 기온에 몸을 움츠렸다. 배가 고팠다. CCTV가 없는 허름한 국밥집으로 들어가 끼니를 채웠다. 오랜만에 느끼는 평화로움이 문득 불길함을 가져다주어 조금씩 불안해지기 시작했다. 은행잎 떨어진 거리를 걸을 때면 영후의 발에 은행 알이 터져 악취가 풍겨 나왔다. 가을도 아니고 겨울도 아닌 이런 박명의 지대가 싫었다. 무의식도 아니고 의식도 아닌 안개 같은 모호한 기분이 스며들어 불안은 더 커져갔다. 나는 사람인가 짐승인가. 잠들기가 두려운 끝자락에 놓인 목숨. 바람에 휩쓸린 먼지조차 어둠이 삼켜버렸다. 뒤에서 누군가 자신의 목덜미를 잡을 것 같은 두려움에 걸음걸이가 빨라지기 시작했고 자꾸 뒤를 돌아보게 되었다.

그때 검은색 차량이 급정거를 하더니 영후를 낚아채듯 차에 태웠다.

"뭐야? 너 누구야? 이거 놔!"

발버둥 치며 저항하는 영후의 입에 마취제가 묻은 마스크가 덮였다. 영후에겐 이 세상에 제품으로 나올 때부터 앞머리 쪽에 특수바코드가 새겨져 있었다. 영후의 생각이나 행동이 하나하나 강박사에게 전송되고 있다는 것을 최목사는 끝까지 알지 못했다.

강박사의 실험실.

연구실 4층에 연결된 응접실을 지나면 수술실이 있었다. 영모는 수술 준비를 위해 이미 대기하고 있었고 영후는 옷이 벗겨진 채 온 몸이 검은 벨트에 채워져 있었다. 링거에서 떨어지는 수액이 절반 정도 들어갔을 때 영후는 희미하게 눈을 떴다. 손을 비틀고 고개를 들어보았지만 죽음의 문턱이었다. 영후는 괴성을 지르며 저항했다.

"뭐야! 이거 안 풀어? 이 저주받은 뱀 새끼들아! 풀란 말이야!"

강박사가 영후에게 다가갔다.

"마지막으로 하고 싶은 말 있나? 잠깐이라도 너는 할 일을 잘 수행했다. 내가 원하는 대로 생각했고 내가 지시하는 대로 행동했던 너의 짧은 생을 이제 마감해야겠구나, 아낌없이 네 몸도 다 주고 떠나거라. 아마 좋은 곳으로 가겠지?"

영후는 바드득, 이를 갈며 강박사를 노려보았다.

"왜 나를 만들었어? 나, 살고 싶단 말이야. 왜 내가 이렇게 짐승보다 못하게 죽어야 하는데? 왜!"

"넌 기계인간이니까. 넌 사람도 아니고 짐승도 아닌. 터미네이터 라인을 가진 제품일 뿐이니까."

"얼마나 많이 만들어 얼마나 많이 죽였어?"

"셀 수 없지! 사람이 사람을 만들고 휴머니즘은 휴먼마켓을 개장하고… 이것이 현실이 아니겠어? 새 제품이 나오면 유행이 지난 것은 폐기되어야 하는 것이 고도정보화사회의 기본이라는 것을 설마 모르는 건 아니겠지?"

악을 쓰며 눈물을 흘리던 영후의 눈동자엔 이미 죽음을 바라본 붉은 핏발이 서리고 있었다.

"더럽고 잔인한 인간 세상에 살았던 것을 후회한다. 이럴 줄 알았다면 내가 나를 죽였을 텐데. 너희들은 너희가 파놓은 멸망의 불구덩이로 모두 떨어질 것이다. 나는 죽어서도 인간의 그림자를 파먹으며 지옥의 길목에서 반드시 너희를 갈기갈기 찢어놓을 것이다!"

"요 맹랑한 녀석, 내가 만들었지만 꽤 똘똘하게 잘 만들어졌구먼, 하하."

영후는 혀끝을 깨물어 입안에 고인 피를 궁굴렸다. 세상에서 받은 것을 돌려주고 싶어 강박사의 얼굴에 힘껏 뱉어버렸다. 화가 난 강박사는 따귀를 세차게 때린 후 마취 의사를 불렀다.

"당장 마취시켜, 당장!"

영후는 몸을 비틀며 마지막 저항을 아끼지 않았다. 영후의 악에 받친 소리는 수술실을 사정없이 두드렸으나 조명등 하나 깜빡이지 않았다.

"죽여 버릴 거야~ 모조리 다 죽일 거야. 영모네 가족, 그리고 강박사, 지옥의 입구에서 너희를…"

마취제가 들어가자 입을 벌린 채 영후의 말은 끝이 났다. 부릅뜬 눈가에 맺혔던 핏빛눈물이 눈꼬리를 타고 흘러내렸다.

두어 시간이 지나자 이식수술이 마쳤음을 알리는 불이 켜졌다. 회복실에 있는 영모를 만나러 온 최목사 부부는 새롭게 태어난 아들의 손을 꼭 잡았다. 담당의사는 수술이 잘 되었다며 앞으로 면역 억제제도 먹을 필요 없이 몸만 잘 관리하면 건강할 것이라고 말했다.

심장과 신장을 파내가고 깨어날 틈도 없이 치사량 이상의 마취제를 투여하자 복제인간 영후는 싸늘한 주검이 되었다. 곧이어 남자 둘이 하얀 시트로 둘둘 말아 클론 전용 소각장으로 영후의 시체를 끌고 갔다. 검은 버튼을 누르자 악어가 입을 벌리듯 투명한 유리문이 벌어졌고 사내들은 주검을 힘껏 밀어 넣었다. 시체가 툭 떨어지자 저절로 문이 닫혔다. 마지막으로 맨 아래 붉은 스위치를 당기자 불길이 아래서부터 치솟았다. 우당탕, 썩은 고기를 볶듯 역겨운 냄새가 진동하더니 그을림이 까맣게 타올랐다. 사내들은 부리나케 복도를 빠져나갔다.

황사경보가 뿌옇게 한반도를 덮은 그날의 노을은 유난히 탁한 황토색이었다. 퇴색된 노을을 안고 저녁이 깊어 가고 있었다.

영모의 몸이 회복되어 가면서 최목사는 한결 가벼워진 마음으로 목회에 전념할 수 있었다. 새세계정부 관리자들은 교회로 출근도장을 찍다시피 했고 비어있는 방 하나를 내주어 칩 상담사무실을 꾸며 놓기도 했다. 이제는 가정마다 방문하면서 일대일 홍보 전략을 펼치며 교인들 생활에까지 파고들었다. 교회 장로 중에는 모 국회의원도 있었고 대기업 사장도 있었다. 컴퓨터 사업을 하는 성도는 칩 홍보에 적극 후원하며 이벤트 행사에 경품을 선뜻 내주기도 했다. 기업에서 승진의 줄을 서기 위해 교회에 등록해 다니는 이도 적지 않았다. 전도하지 않아도 제 발로 찾아오는 승진을 위한 줄서기 전도는 날로 늘어만 갔다. 현대교회는 기업의 조직력이 고스란히 옮겨진 보이지 않는 인맥들이 꽤 형성되어 있었다. 상사에 딸린 부하직원만 해도 전도회를 조직하고도 남을 만큼의 인원이었다. 칩을 받은 이들은 첨단화된 세상에서 주역이 되기 위한 일이라며 자신 있게 자랑하고 다녔다.

EG전자에서는 칩이 있는 직원들만 드나들 수 있도록 출근 센서 시스템을 도입해 칩이 없으면 회사에 다닐 수 없게 하였다.

칩 받는 이들이 늘어날수록 오전도사는 외롭고 힘겨워졌다. 그날 밤 기도하다 잠이 들었다.

— 교회 식당에서 최목사가 큰 소리로 성도들에게 배식을 실시하라고 교역자들에게 지시를 내렸다. 오전도사는 순종하기 위해 주걱으로 밥을 푸려는데 주황빛이 나는 곰팡이가 밥솥 안에 피어있었다. '어, 이상하다. 금방 새 밥을 했다고 했는데, 왜 밥이 이렇게 상했지?' 이쪽저쪽 돌려가며 밥을 퍼도 속까지 상해서 도저히 밥을 풀 수가 없어 망설이는데 최목사는 오전도사를 보며 왜 밥 안 퍼 주냐고 소리를 지른다. 한쪽에서는 사람들이 밥을 받아가려 서있고 밥을 받은 사람들은 상한 밥을 먹는다. 오전도사는 밥을 결국 푸지 못하고 망설이고 있는데… —

등에 식은땀이 흘렀다. 꿈에서 깨어난 오전도사는 무릎을 꿇고 기도했다. 눈물범벅으로 간구하는데 어디선가 음성이 들렸다.
"그런즉, 깨어있으라. 생각지 않은 때에 인자가 오리라."
결국 성도들에게 따뜻한 밥을 퍼줄 수 없었던 오전도사는 교회와 성도들을 위해 기도하기를 쉬지 않으리라 마음먹었다. 아무것도 할 수 없지만 오목사님이 남기신 복음의 뜻을 기억하고 있는 성도들을 위해 목숨이 다하기까지 그들을 지켜야겠다고 생각했다.
다음날 구역원이 오전도사에게 전화를 걸었다. 홍보위원이 집에까지 찾아와 칩을 적극적으로 권유한다며 어찌해야 좋을지 혼란스러움을 토로했다. 보다 못한 오전도사가 당회장실로 찾아갔다.

"목사님, 베리칩은 하나님의 말씀을 배도하는 사탄의 전략인데 그걸 아시는 목사님이 어찌 저들을 온전히 몰아내지 않는지 이해가 되지 않습니다. 짐승의 표를 받겠다고 줄을 서게 하는 것도 모자라 이젠 교인들 집에까지 찾아가 칩을 강요하고 있습니다. 사탄을 교회 안으로 들이는 것은 엄연히 불법입니다. 많은 영혼이 잘못된 길로 가고 있는데 목사님, 왜 보고만 있으십니까?"

최목사는 잠시 생각에 잠겨 있다가 무겁게 입을 열었다.

"전에도 말했잖아, 담임목회자의 방침에 순종하지 않으면 나랑 오래 일할 수 없다고, 여긴 내 목회야. 내가 담당하고 있는 내 교회라고! 오전도사가 이 교회에서 영향력을 발휘할 것 같으면 이건 정말 곤란한 일이야. 그저 순종하다보면 좋은 일이 생길 텐데 왜 자꾸 자신의 영향력을 발휘하려고 해. 그러려면 개척해야지. 나도 물론 세상적인 것을 홍보하는 것이 교회로서는 그다지 달갑지 않아. 그렇지만 우리가 하나 손해 봄으로 인해 정부로부터 얻는 혜택이 한두 가지가 아니잖아! 지금, 주위의 작은 교회들이 우리교회로 들어오고 싶어서 난리야. 합병을 받아달라고. 그 외에도 교회에서 무슨 집회나 행사를 한다고 하면 정부에서 장소도 제공해주고 여러 가지 편리도 봐주며 얼마나 많은 혜택을 누리는데… 교회가 받아먹을 것다 챙기면서 그거 하나 수용하지 못한다는 것이 말이 돼? 사람이 융통성이 있어야지. 오전도사! 우리 잘 해보자고. 너무 까다롭게 그러면 정부나 성도들에게 미움을 받아. 요즘, 오전도사가 너무 꽉 막혔다고 사람들이 얼마나 수군거리는지 몰라. 하나님도 시대를 따라 역사하시거든. 제발 시대를 따라가자고…응?"

오전도사는 더 이상 말을 잇지 못했다. 실망된 마음을 주체할 수 없었다. 문득 벧엘교회 목사님이 생각났다. 천해동목사님과는 오전도사 오빠와 오래전부터 알고 지낸 터라 무슨 고민이나 상담거리가 생기면 전화를 하곤 했었다.

지하 개척교회로 시작해 전도와 기도로 영혼 사랑하기를 제 몸같이 하여 300명 정도가 출석하고 있었다. 하나님 은혜로 아름다운 터를 주셔서 아담하고 깨끗한 성전을 봉헌할 수 있었고 선교하는 교회, 말씀이 살아 움직이는 교회가 되었다. 유달리 가난하고 병든 자들, 세상에서 소외받는 성도들이 가득한 교회였다.

"목사님, 저희 교회 사정이 이러한데 아무래도 제가 사임을 해야 할 것 같습니다."

"아직은 때가 아닌 것 같습니다. 잠시 동안 살펴보시면서 구원받을 영혼들을 계속 만나시고 가르치십시오. 조금 있으면 하나님이 그곳을 떠나게 하실 날이 옵니다. 오전도사가 나오면 믿음을 지키던 이들이 승냥이에게 잡아먹힐 것이니 믿음을 지켜낼 영혼들을 모은 후에 나오십시오."

오전도사는 목사님 말씀에 힘입어 많은 영혼을 마귀에게 빼앗기지 않겠다고 다짐했다. 얼마 전 진주의 죽음으로 상처가 컸을 로미에게 전화를 걸었다.

"요즘은 공부도 안하고 이리저리 방황하고 있어요. 아무것도 손에 잡히지 않아요."

"로미자매! 그렇게 실망만 하지 말고 나랑, 진주어머니한테 찾아갈래요? 어머니도 몸져 누워계실 것 같은데… 어때요?"

"네… 저도 진주어머니가 많이 걱정됐어요. 제가 그쪽으로 갈게요."

"그래요. 터미널로 와요. 기다릴게요."

차 안에서 로미는 천국이 정말 있는지, 하나님이 살아 계시다면 왜 죄 없는 진주를 그렇게 비참하게 데려가실 수 있는지 궁금하다며 말을 이었다.

"전도사님. 제가 그때 도서관에서 생활한다고 집을 비우지만 않았어도 우리 진주가 그렇게 죽지 않았을 거예요. 영모라는 놈도 너무 비겁하고 나빠요. 그렇게 좋아하고 아꼈으면서 정작 자기 살자고 죽어가는 진주를 모른척해요? 그런 것 보면 교회 가고 싶은 마음이 안 생겨요. 목사 아들이면 목사 아들답게 잘못을 시인하고 진주의 장례만큼은 지켰어야죠. 사랑을 다짐하는 돌, 수백 개 쌓아놓으면 뭐해요? 회오리바람 부니까 저 살자고 도망간 주제에… 사실 그러는 저도 진주를 지켜주지 못한 죄인이에요. 전도사님! 진주가 지금이라도 찾아와 따뜻한 말이라도 해 줄 것 만 같아요."

오전도사는 눈물샘이 터진 로미를 꼭 안아주었다.

어느새 진주어머니 집에 도착했지만 어머니는 산송장이었다. 끼니도 거른 채 아프게 떠난 딸 생각에 장례식 때보다 더 늙고 수척해 보였다.

"제가 위로한다고 무슨 위로가 되겠어요. 일어나세요. 전복죽 끓여왔어요."

"돌아가세요. 죽으면 그만이지, 귀하고 사랑스런 내 딸을 지키지 못한 어미가 무슨 자격으로 입에 풀칠을 합니까, 진주 따라 갈래요. 우리 딸이 얼마나 무서웠을까, 얼마나 아팠을까, 생각만 해도 내 가슴이 찢어집니다."

"진주를 만나러 가시려면 얼른 일어나셔야 해요."

"그만 가세요. 죽은 내 딸이 돌아오기라도 한답니까?"

"어머니! 진주가 어머니를 위해 얼마나 눈물로 기도했는지 잘 아시잖아요. 비록 짧은 생을 살았지만 진주가 하나님을 믿으며 쌓아

놓은 상급은 다 하나님이 기억하시고 갚아주십니다. 어머니도 하나님을 믿으면 진주를 만날 수 있어요. 힘을 내세요."

"딸 하나도 지켜주지 못한 이 죄가 너무 커서 가슴이 터질 것만 같아요. 흑, 흑."

"진주의 기도가 이제 응답되어야 해요. 진주가 엄마의 구원을 위해 간절히 기도했던 그 눈물을 어머니는 잊지 마세요. 예수님 곁에 있는 진주는 어머니를 위해 지금도 간절히 기도하고 있어요. 진주의 소원을 이제 들어주세요. 예수님 안에 있을 때 죽음이 두렵지 않은 거예요. 죽어도 천국에서 다시 만나니 얼마나 행복해요. 어머니, 죽음은 끝이 아니라 천국의 시작이에요. 지금은 비록 억울하고 통탄할 사건이지만 하나님은 살아있기에 때가 되면 분명 악한 일을 다 갚아주실 날이 옵니다. 주님을 영접하세요."

어머니는 진주의 영정사진을 매만지며 복받쳤던 눈물을 쏟아내었다.

"진주야, 엄마가 일찍 하나님을 믿었다면 널, 지킬 수 있었을까, 못난 어미를 용서해라. 엄마가 널, 따라가면 되겠니? 그러면 네가 천국에서도 웃을 수 있냔 말이다. 흑, 흑"

모두들 쏟아지는 눈물로 방바닥을 적시고 있었다.

"화장터에서 기도하는 중에 하나님이 환상으로 보여주셨어요. 눈부신 세마포 옷을 입고 하늘로 올라가는 것을… 진주는 지금 주님 품에 있어요."

코를 풀며 눈물을 닦던 로미가 말했다.

"진주가 교회 가자고 할 때 진주 따라 주님을 믿었다면 내 친구가 그렇게 죽지 않았을 것 같아요. 전도사님, 진주가 천국에 있다는 것을 볼 수 있었으면 좋겠어요."

"도마가 예수님의 못자국난 손과 발을 보고 믿었지만 주님은 보지 않고 믿는 자는 더 복되다고 말씀하셨어요. 바람이 보이지 않고 공기가 보이지 않지만 존재한다는 것을 그냥 믿는 것처럼, 믿음이란 그런 거예요. 예수님이 우리를 위해, 우리 죄를 갚아주시려 십자가에서 못 박혀 죽으심을 믿고 회개하는 자, 그 사람에게 천국이 임하는 거예요. 우리 손잡고 주님을 영접하는 기도를 합시다."

두 사람은 오전도사가 이끄는 대로 영접 기도를 올렸다.

"여기서 혼자 사시면 따님 생각에 더 힘들고 병나겠어요. 제가 어머니를 모실게요. 앞으로 저와 함께 살면서 하나님도 만나시고 성경공부도 하고 그러세요. 제게도 아들 하나 딸 하나 있었는데 아들이 교통사고로 먼저 천국에 갔어요. 딸은 출가해서 잘 살고 있고요. 자식을 가슴에 묻는 것이 얼마나 아픈지 잘 안답니다. 진주의 죽음이 한 알의 밀알이 되었기에 어머니와 로미가 예수를 믿을 수 있게 된 거예요. 따님의 죽음은 예수 안에서 결코 헛되지 않습니다."

겨우 통곡을 그친 어머니의 손을 오전도사가 쓰다듬었다.

"어머니, 서울로 같이 가요. 방을 혼자 쓰니까 함께 살면 위로도 되고 덜 슬플 거예요. 제가 진주 대신해서 어머니에게 잘할게요."

오전도사를 따라 서울로 올라온 진주어머니는 신앙생활을 시작하며 마음의 건강과 영혼의 평안을 얻어가고 있었다.

몸은 건강해졌지만 웃음을 잃은 영모는 방에만 틀어박혀 지내는 일이 잦아졌다. 파일에 저장되어 있는 진주 사진을 보며 가슴 먹먹한 시간을 보내는 일이 유일한 낙이 되었다. 넋을 놓고 있는 영모가 안쓰럽기도 하고 마음에 들지 않았던 최목사와 사모는 대입준비를 위해 강남에 있는 학원에 다닐 것을 권유하였다.

"이제 모든 걸 잊고 네 장래를 위해 대학갈 준비를 해야겠다. 벌써 동료 목사들이 너한테 거는 기대가 많아. 아빠도 그렇고…, 친구 목사 아들은 벌써 신학공부를 마치고 목사안수 받는다더라. 내가 그 아들의 장래도 책임져 준다했어. 그러니 너는 더 말할 것이 없잖니."

"지금은 별 생각 없어요. 일단 대학은 가야하니까 준비는 할게요."

지난날을 잊으려 학원에 앉아 수업에 열중하려 애썼지만 진주의 맑은 눈동자가 페이지마다 떠오르는 것 같아 견디기 힘들었다. 잠시 머리를 식히려 PC방에 들렀다. 학원에서 마주친 낯익은 친구들이 게임을 하다가 영모를 알아보고는 친한 척하며 다가와 새로 생긴 나이트에 가자고 졸라댔다. 한 번도 접하지 못한 세계가 궁금했고 친구들도 사귈 겸 따라가 보았다.

진주를 죽인 것은 영후가 아니라 결국 자신이었음을 깨달은 영모는 사랑하는 이를 지켜내지 못한 괴로움에 마음껏 취하고 싶었다. 진주 없이 대학은 가서 뭐하겠냐며 자신을 탓하는 일에 위안을 삼았다. 시간을 지우려 공부하지만 진주를 잊을 수 있다면 뭐든지 빠져들고 싶었다. 네 명의 친구들과 어울려 다니며 그동안 보지 못한 세상을 탐닉하고 있었다.

한동안 영모 때문에 마음고생이 많았던 최목사는 힘들었던 지난 날의 기억에서 잠시나마 벗어나고 싶었다. 같은 지역 목사들과 골프모임도 가지며 조금씩 마음의 여유를 찾고 있었다. 그날도 설교 준비를 위해 당회장실에 앉아 있는데 사업을 하는 성주리 집사에게 전화가 왔다.

"이번 란제리사업에 수출 계약이 잘 성사되도록 기도 부탁하고 싶어요. 그래서 식사 대접을 하고 싶은데… 목사님, 시간 내실 수 있으신지요."

"사모가 친정에 일이 있어 가는 바람에 오늘은 좀 어렵겠네요."

"네, 그러시면 목사님만이라도 대접하고 싶어요. 제가 내일 아침 일본으로 출장 가기 때문에 목사님 기도 받고 가고 싶어서요."

약속 장소는 외곽에서 벗어난 자연 경관이 아름다운 전통 한식당

이었다. 최고급 코스로 주문을 해놓고 기다리고 있었다. 성집사는
사업에 열심이다 보니 결혼하고 4년 만에 이혼하였다. 아이도 없었
기에 헤어지는 일도 쉬웠는지도 모른다. 남녀가 둘이 앉아 식사한
다는 것이 꺼려졌지만 전에도 몇 번이나 사양을 했기에 그럴 수 없
었다. 사업을 위한 축복기도를 해주고 메뉴에 대한 이야기를 이어
나갔다. 산삼요리, 사슴피로 만든 순대, 구절판, 약선연저육, 송이
떡갈비, 자연산 회 등 요리자체가 눈을 자극하는 예술작품이었다.

"목사님 기도 덕분에 저번 계약도 잘 이루어졌어요. 이 카드 얼
마 되지 않지만 필요한 것 있으시면 쓰세요. 조금 넣어두었어요."

"뭘, 이런 것을… 이렇게 안 해도 집사님 마음 다 아는데…"

"어서 넣어 두세요. 목사님이 저를 위해 기도해 주시잖아요."

식사를 마치고 자리에서 일어났다.

"목사님, 가세요. 저는 콜택시 불러서 가면 돼요. 내일 아침 공항
으로 가야하기에 차를 두고 왔어요. 인천에서 쉬었다 가려구요."

"여기는 좀 외진 곳이라 택시 부르기가 어려울 텐데, 제 차 타세
요. 멀지 않으니 공항 근처까지 태워드릴게요."

큰 길로 가기 위해선 산길처럼 험한 길을 빠져나와야 했다. 저녁
아홉 시가 넘은지라 주변이 어둡고 고요했다. 덜커덩거리며 가고
있는데 갑자기 툭, 하고 뭔가 차바퀴에 튕기며 떨어져 나갔다. 도둑
고양이인지 살쾡이인지 모를 동물이 차에 치어 나무 아래 죽은 듯
엎드려 있었다. 놀란 가슴을 쓸어내린 성집사는 남성의 보호본능을

자극하는 모션을 취하였다.

깊어 가는 밤, 자동차 유리창에 스민 달빛은 진한 선팅지에 반사되어 두 사람을 비추지 못했다. 피톤치드 가득한 숲길, 비포장도로를 지나면서 두 사람은 창문을 열지 않았다. 차 뒷바퀴에 바스락 부서지는 나뭇잎이 지나는 길을 다져주고 있을 뿐이었다.

chapter 7

분별이 사라진 시대

"128개의 유전자에게 역기능(Reaction)을 지시해서
실행Key를 누르면 위성을 통해서 침을 받은 모든 사람의 체질과
성품과 생각 등을 완전히 바꾸어 놓습니다.
짐승의 통치자를 숭배하도록,
하나님을 저주하도록 바꾸어 놓는다는 것이 무서운 것입니다.
내 의지와는 전혀 상관없이 길을 가고 생각을 하고 행동을 한다는 것입니다.

분별이 사라진 시대

성탄절을 앞두고 연합예배를 드리자는 움직임이 일어나고 있었다. 불교계에서는 예수탄생을 축하한다며 연합예배에 동참하겠다는 표시를 해왔고 천주교에서도 성대한 행사를 위해 적극적 지원을 아끼지 않겠다고 했다. 실행위원회가 구성될 무렵이었다.

강박사가 최목사를 찾아왔다.

"어서 오십시오. 박사님."

"성탄절 앞두고 많이들 바쁘지요?"

"어느 교회나 이맘때면 무척 바쁘답니다."

"제가 가장 바쁠 때 찾아왔나 봅니다."

"아닙니다. 박사님이 오신다면 만사 젖혀놓고 시간을 내야지요."

"이거 영광입니다. 사실 오늘 목사님과 중요한 일을 상의하려고 왔습니다. 이번 성탄연합예배에 대해 소식은 들으셨지요?"

"네. 들었지요."

"그 행사에 저희 새정부에서 모든 자금을 대기 때문에 설교자도 저희가 선택할 수 있는 권한이 있거든요. 목사님이 그날 예배 때 설교를 맡아주셨으면 해서요. 다른 목사님들이 서로 하고 싶어서 줄을 서기는 했습니다만…"

"부족한 제가 해도 괜찮겠습니까?"

"제가 뭐라 했습니까? 전에도 약속했듯이 목사님을 세계적으로 키워드리겠다고, 이번에 설교하심으로 인해 앞으로 뻗어나갈 발판을 마련하자는 데 큰 의미가 있습니다."

"박사님께서 추천해주신다면 저야 영광입니다."

"깔끔하고도 호소력 있는 메시지로 대중들을 연합시킬 수 있는 설교를 준비해주십시오. 너무 기독교에 맞추시면 다른 종교계 손님들이 섭섭해 할 수도 있습니다. 모든 종교를 아우르는 설교, 아시겠죠? 아참, 아들은 건강하지요?"

"네, 다 박사님 덕분입니다."

"목사님께 귀한 선물을 가져 왔는데…"

"요즘 과일값이 금값인데 뭐 이런 것을."

"그건 드시라고 가져온 것이고 자, 이 상자를 열어보십시오."

종이상자에 작은 구멍이 여러 개 나 있었고 바스락거리는 소리가 들릴 뿐이었다.

"이건 무당벌레와 나방이 아닙니까?"

"여기 곤충이 보통 곤충이 아닙니다. 칩이 심겨진 사이보그 특수 곤충입니다. 세계적으로 국가원수가 전쟁에서 군사작전에 쓰는 특별한 곤충이지요. 곤충 안에는 소형카메라와 도청장치가 내장되어 있습니다. 성능이 뛰어나 작은 소리도 잘 전달합니다. 이 녀석을 적진에 보내면 적의 상태와 무기를 파악해오는 똘똘한 곤충입니다."

"그래요? 이런 곤충의 가격은 얼마나 합니까?"

"이건 시중에서 살 수 없는 것입니다. 국가적인 기밀이라 총리께서 제게 특별히 하사하신 물건인데, 값으로 따지다니요. 이것으로 목사님을 최고의 능력자로 키워드리겠습니다."

USB에 연결하여 주소를 입력하면 곤충은 알아서 목적지를 찾아가 사생활을 엿볼 수 있다. 최목사는 벌써부터 군침이 넘어가고 있었다.

"오로지 목사님 이름을 높이는데 만 사용하십시오. 목사님이 능력 있다는 소문이 나야 세계적인 큰일을 감당하는데 많은 도움이 됩니다. 그리고 골수분자들을 목사님의 말씀으로 다스릴 수 있는 절호의 기회가 되겠지요. 이것으로 베리칩 실적에 더욱 매진하십시오. 베리칩에 대한 인식이 새로워지길 기대합니다. 목사님께 떨어질 수당 또한 만만치 않을 텐데요. 머릿수로 수당을 계산하는 것이 아니라 다단계처럼 기하급수로 수당을 받기 때문에 수입이 짭짤하지요. 돈 계산 하다가 날 샐지도 모릅니다. 그동안 맘에 안 들었던 사람들 먼저 예언기도로 다스리신다면 아마 무릎으로 기어올 것입니다."

신기한 곤충 하나로 세상을 쥐고 흔들 것을 생각하니 천하를 얻은 것처럼 어깨에 힘이 들어갔다.

"최목사의 야심과 능력을 높이 평가하는 내 마음을 잊지 마시오. 이번 베리칩 실적을 기대해 보겠습니다."

강박사를 배웅하고 와서 최목사는 리스트를 작성하느라 정신이 없었다. 먼저 교회 사무실에 무당벌레를 보내 보았다. 여직원의 잡담소리는 물론 치마 속까지 들여다보였다.

최목사 발아래 두어야할 명단이 백 여 명을 넘어가고 있었다. 문득 요즘 들어 신경써주지 못한 영모가 생각났다. 공부한다고 나서는 아들의 생활이 궁금해 무당벌레를 영모 가방 아래쯤에 몰래 두었다.

다음날 영모가 학원 간다며 집을 나섰다. 강남에 있는 학원에 가는 것이 아니라, 압구정역에서 내려 어디론가 가는 것을 확인한 최목사는 불길한 조짐을 느끼며 영모를 유심히 관찰하였다. 원룸으로 들어선 영모는 띠리릭 소리와 함께 현관문을 통과했다. 엘리베이터를 타고 7층으로 올라가 자연스럽게 문을 열고 들어간 방은 자욱한 연기로 앞이 보이지 않았다. 화장이 짙어 보이는 여자가 따라준 잔을 영모는 의심 없이 들이켰다. 천박함이 묻어오는 또 다른 여자는 속옷 바람에 헐렁한 셔츠 하나 걸치고 영모에게 다가가 끈적거리는 행동을 서슴지 않았다. 소파에 누워있는 남자 둘은 무엇을 피우는지 담배보다 진한 연기를 뿜어대고 있었다. 영모에게 전화를 걸었으나 꺼져있었다. 압구정으로 가기 위해 가속페달을 밟았다. 벌렁거리는 가슴이 진정되지 않아 신호도 무시한 채 급히 원룸으로 달려갔다.

누구를 위해 살아왔는데, 누구를 위해 희생했는데, 머리가 깨질 듯 죄여왔다. 도착하니 최 목사는 현관을 통과 할 수 없었다. 삐비빅, 해당사항이 없다며 문이 열리지 않았다. 어느 젊은 커플이 들어가는 틈을 따라 들어갔다. 소리가 요란하게 났지만 일단 문이 열렸으니 7층으로 올라가 초인종을 눌렀다.

"누구세요?"

"관리실에서 왔습니다."

문이 열리자 자욱한 연기가 뱀의 허물처럼 기어 나왔다.

"최영모! 너 빨리 안 나와? 이 녀석이!"

불호령에 놀란 영모가 겉옷도 입지 못한 채 뛰어나왔다. 방 안의 자욱한 풍경을 가리느라 현관 앞에서 아버지를 막아내고 있었다. 얼굴이 벌겋게 달아오른 영모의 눈빛은 초점이 풀려있었다. 최목사가 키워낸 아들이 아니었다. 최목사는 손에 힘을 주어 영모의 뺨을 후려쳤다. 중심을 잃은 영모가 나가 떨어졌고 아들의 멱살을 잡고 방에 있는 녀석들에게 손가락질하며 소리쳤다.

"이 더럽고 추악한 녀석들, 한 번만 우리 영모 꼬여내면 너희들은 내 손에 죽을 줄 알아, 알겠어? 이 버러지 같은 것들."

흥분에 못 이겨 문이 떨어져 나갈 만큼 세차게 닫아버렸다. 담배 냄새가 베인 영모를 차 뒷자리에 던져 넣고는 소리쳤다.

"어떻게 네가 이럴 수가 있니? 내가 널 위해 무슨 짓을 했는데, 아빠, 나를 다 바쳐 널 살리려 애쓰고 힘썼어. 너 하나 만을 위해 모든 걸 걸었어. 그런데 학원에서 공부하고 있어야 할 내 아들이 이렇게 쓰레기 같은 곳에서 뒹굴고 있다니… 왜 그랬니? 말해봐. 어서."

감정을 추스르지 못한 최목사는 아들의 등을 마구 때리며 말했다. 나무토막을 때리는 느낌이 들어 영모를 바라보니 무표정한 얼굴로 멍하니 눈만 내리깔고 있었다. 아들이 아닌 것 같았다.

"아버진, 나를 위해 살았다고 말하지 마세요. 그렇게 말씀하실 때마다 부담스러워요. 저는 신부전증 걸린 채로 투석 받으며 살 때가 더 행복했어요. 인간이 인간을 죽이려 했기에 영후가 죄 없는 진주에게 잔인하게 앙갚음한 거예요. 진주는 내가 살자고 내가 죽인 거예요. 생각날 때마다 화가 나고 내 자신을 용서하기가 싫어요. 경찰에 신고만 했어도 진주가 살 수 있었는데, 시간이 지날수록 잊히는 것이 아니라 더욱 또렷이 살아나서 미칠 것만 같아요."

영모는 앞좌석을 주먹으로 두드리며 괴로워했다. 최목사는 아무 말도 하지 않은 채 집으로 향했다. 사모에게 영모를 잘 살피라는 말로 이 일을 마무리 지었다. 영모가 한 말이 마음에 걸리긴 했지만 그렇다고 해서 자신의 과업을 뒤로 미루고 싶지 않았다. 시간이 지나 우뚝 솟아있는 아버지를 보면 이해해 줄 것이라 여겼다. 자신의 달라진 모습을 거울에 비춰보았지만 거울도 때로는 자신을 반성할 줄 모르는 건 마찬가지라고 생각했다.

다음날 최목사는 새정부 관리자에게 칩 받지 않은 자들의 명단을 가져오라고 했다. 최목사 자신이 받았으니 더 많은 사람이 받아야 자신도 불안한 마음에서 조금은 탈피할 수 있을 것만 같았다. 그 중에는 오전도사를 비롯하여 골수분자들이 꽤 들어있었다. 혼자만 믿음 있는 척, 혼자만 대단한 척, 잘난 척 하는 인물들을 블랙리스트에 따로 구분해 두었다.

칩에 대해 중간 입장을 취하는 이들을 먼저 확보해 두는 것이 실적향상에 빠른 지름길이라 여겼다. 인적사항을 간략하게 치면 내비게이션처럼 알아서 길을 찾아 가는 고 녀석들은 중요한 대화를 잘 물어오기도 한다. 조금 먼 거리는 나방으로 보내고 가까운 곳은 무당벌레가 간다. 귀환 명령이 떨어지면 밤에 이동을 한다. 남의 집 안방까지 넘볼 수 있으니 이건 좀 과하다 싶어도 큰 과업을 이루기 위해선 은밀하게 하는 소리까지도 다 담아낼 수 있어야 한다고 여겼다.

예배시간마다 투시의 은사를 실타래처럼 풀어놓으며 사람들의 탄성을 자아내게 했다. 사람들은 주여를 외치고 아멘으로 응답하며 전적으로 최목사의 능력을 인정했다. 어느 집사에게 다가가 안수기도를 해주었다.

"주여, 집사님이 지금 자궁에 혹이 있어 출혈을 동반하고 있습니다. 주의 손으로 치유하사 깨끗하게 하여주시고 치료의 광선을 비춰주시옵소서. 남에게 빌려준 삼천만 원도 떼이지 않도록 황충을 금하여 주시옵소서."

기도를 받은 사람은 아무도 모르는 기밀들을 쏟아내니까 두려운 눈빛과 경외하는 마음을 가지게 되었다. 족집게 같은 능력이 있다며 최목사에게 기도 받기 위해 줄을 서는 사람들이 날로 늘어만 갔다. 내일 일을 몰라 답답했는데 예언의 능력과 투시의 은사를 보고는 최 목사에게 많은 예물을 들고 찾아가는 사람들로 북새통을 이뤘다. 사람들은 미래를 맞추는 사람이 있다면 무당이라도 상관치 않으며 유행처럼 내일 일을 점치고 싶어 했다. 모세의 능력이 이 시대에 임했다며 교회 안팎으로 최목사의 명성이 드높아져 갔다.

최목사는 기독교 방송이나 인터넷 카페에서 떠드는 말세론이 마음에 들지 않았다. 주님 오실 날이 얼마 안 남았으니 깨어있으라 떠드는 무리들에게 깨우침을 주고 싶었다. 기독교방송에서 자신이 생각하는 말세론을 설교하였다.

"요즘, 광신도들이 휴거 재림. 주님이 오늘 오시네 금방 오시네 떠드는 무리들이 많습니다. 그러나 주님은 우리가 떠든다고 빨리 오시는 분이 아닙니다. 6월16일 모든 생활을 팽개치고 학교도 안 가고 직장도 그만 두고 정신 나간 사람들처럼 모여서 주님 오신다 며 떠들던 사람, 다 어디로 갔습니까? 창피해서 얼굴도 못 들고 다 니지 않습니까! 성경에 밭을 매다가 잠을 자다가 들림 받을 것이라 고 말하고 있습니다. 즉, 떠든다고 오시는 것이 아니라 조용히 자 신의 삶을 열심히 살다보면 믿음 있는 자는 자연히 휴거된다고 말 씀하십니다. 가정을 버리고 주위 사람들을 배척하고 혼자만 믿음 있는 척 하면 하나님의 진노하심이 있을 것입니다. 얼마 전 그렇게 주님 오신다고 깨어 있으라고 떠들던 아무개 선교사, 알고 보니 예 언이 틀렸음을 우리가 보지 않았습니까? 휴거를 자꾸 들먹이는 사 람들, 깨어있으라고 떠들고 다니는 사람들, 자세히 살필 필요가 있 습니다. 사탄에게 속했는지 우리는 분별해야한다는 것입니다. 우 리는 주님 언제 오셔도 상관없는 믿음이 되어야 합니다. 장사하는 사람 열심히 장사하고 사업하는 사람 열심히 사업하고 공부하는 사람 열심히 공부하는 그런 모습을 하나님은 더 귀하게 본다는 것 입니다."

최목사의 이름이 유명세를 타자 그 세력 또한 만만치 않은 힘을 가지게 되었다. 그 밑에서 한자리하기 위해 최목사 주변을 맴돌며 언제든지 부르면 달려갈 준비를 하는 사람들만 해도 셀 수 없을 정 도였다.

오전도사와 영적인 교통이 이루어졌던 신앙이 뜨거웠던 김영찬 부목사가 사표를 내고 말았다. 김목사는 가까이 보이는 최목사가 영적 간음을 하고 있다는 것을 알았기에 과감히 그만두게 되었다. 오전도사는 김목사에게 천해동목사를 만나 보라고 간곡히 부탁했다. 영적으로 의지하던 김목사가 나가자 오전도사는 보이지 않는 압박에 더 견디기 힘들었다. 성도들도 하나 둘 최목사의 은사에 미혹되어 침을 받는 이들이 늘어갔다. 오전도사는 이러다가 남은 영혼들마저 넘어가겠다 싶어 천목사님과 상의하였다.

"일단 우리 교회로 옮기면 눈총을 받아 훼방하기가 쉬우니 다른 장소를 마련해 두겠습니다. 그리고 믿음 있는 자들을 모이게 해 주세요. 지금 최목사가 자행하고 있는 것은 사탄의 전략입니다. 분명 무슨 속임수나 귀신의 영에 의한 움직임이니 속으면 큰일 납니다. 말세에는 사탄의 힘을 빌려 능력 행하는 자들도 많이 있습니다."

오전도사는 신앙이 두터운 왕권사에게 연락을 취해 침을 거부하는 사람들을 모으자고 했다. 평소 기도모임에 열심이던 정집사 가족이 결국 최목사의 투시 은사에 빠져 주님을 배도하는 일이 일어나고 말았다. 오전도사는 땅을 치며 사탄의 간교함에 이를 갈았다. 이미 집을 내놓은 상태였기 때문에 과감히 사표를 내었다. 최목사는 눈에 가시 같은 오전도사의 사표를 기쁘게 받아주었다. 오전도사는 부랴부랴 벧엘교회 근처로 진주어머니와 거처를 옮겼다.

많은 이들이 찾아오니 최목사는 피곤했다. 예약된 기도 면담이 아니면 받지 않기로 하고 사무실에서 대신 예약을 받았다. 특별한 케이스는 최목사가 직접 시간약속을 잡기도 했다.대기자 명단 중에는 키가 크고 매혹적인 외모를 가진 성가 반주자가 있었다. 평소 이국적 눈매가 마음에 들었던 최목사는 자매와 늦은 9시에 시간을 잡아두었다. 당회장실로 찾아온 자매는 최목사가 혼자 있는 것을 보고는 조금 당황스러워했다. 삼일 전부터 자매를 관찰했던 최목사는 자매의 심령을 꿰뚫는 기도를 하였다.

"아멘! 아멘! 어떻게 그리 정확하게 아세요? 정말 신기해요. 오! 주여!"

감탄하다가 온몸에 힘이 빠지는 것을 경험했다. 자신의 의지와는 상관없이 몸이 움직여지지 않았다. 그것을 최목사는 성령이 강하게 임했기 때문이라고 설명했다. 안수기도를 하겠다며 그녀에게 편히 소파에 앉으라 했다. 이어 손짓을 하자 블라인드가 자동으로 쳐졌고 소파는 최목사가 미는 방향으로 눕혀져 침대가 되었다.

그가 이끄는 대로 몸을 맡긴 그녀는 원피스의 앞단추를 풀어도 저항할 힘이 생겨나지 않았다. 이건 아니다 싶어 일어나 박차고 나가려고 온 몸에 힘을 주어 보지만 앙가슴의 경계를 그어가는 최목사의 손끝이 가늘게 떨리고 있는 것을 느끼며 그대로 힘이 빠져버렸다.몸보다 먼저 누운 그녀의 영혼은 이미 그의 손놀림에 아이스크림이 되었다. 흘러내리는 바닐라 맛처럼 최목사의 혀끝에 그대로 감겨왔다. 움푹 들어간 허리 라인을 만질 때면 계곡을 거슬러 올라가는 것처럼 급한 숨소리를 자아내었다. 솜털의 일어남을 조심스레 느끼며 하얀 가슴을 움켜쥐었다. 한 번도 스쳐간 적 없는 가슴 꼭대기엔 갈맷빛으로 물든 호수에 목마른 샘이 있었다. 그녀는 자신만이 선택받았다고 여겼기에 그의 터치가 미끄럽고 스멀스멀 했지만 왠지 싫지만은 않았다.

그의 손이 닿는 살결마다 피부에 바른 마취제처럼 온 몸에 퍼져버렸다. 자궁을 치유하는 기도에서는 아랫도리에 심한 고통이 밀려들었다. 어느새 그녀의 뿌리는 파헤쳐져 한 순간에 뽑히고 말았다. 신음소리로 저항했지만 이미 블라인드는 달빛을 차단시켰고 굳게 닫힌 문은 열리지 않는 어두운 밀실이 되었다.

안수기도에 상당한 매력을 느낀 최목사는 그 때부터 매혹적인 그녀들의 사생활을 하나하나 탐구하기 시작했다. 최목사에게 안수를 받은 그녀들은 모두 계획하지 않았던 칩 이식을 서둘러 마치게 되었다.

성주리집사도 특별기도 요청을 하고 나서 당회장실을 다녀갔다. 사업을 위해 깊은 기도가 필요했기에 온몸으로 받는 느끼한 안수기도는 늦은 밤이 되어도 지칠 줄 몰랐다. 성 집사도 며칠 후 칩 이식을 마쳤다. 최목사에게 특별안수를 받은 여자들은 하나같이 자기 혼자만 최 목사의 특별한 사랑을 받는 존재라는 것을 의심치 않왔다.

현대교회에서 칩 등록 실적이 상승되고 있었다. 모든 생활의 시스템이 칩 없이는 곤란했다. 어떤 문을 통과할 때도 칩이 있어야했고 밥을 먹어도 칩, 물건을 사도 칩, 칩이 없는 사람은 불이익을 당할 수밖에 없었다. 세상 울타리엔 어딜 가나 삐빅거리며 바코드로 인간의 모든 것을 읽어내고 있었다.

벧엘교회 목사는 오전도사를 불렀다.

"오늘 저녁 우리교회에서 베리칩 특별 강연이 있습니다. 사람들을 지하기도실로 8시까지 모이게 하십시오. 몰라서 지옥 가는 이들도 많습니다. 사탄의 전략을 알기 위해선 우리도 반드시 알아야 할 의무가 있습니다. 되도록 많은 이들이 올 수 있게 하십시오."

기독교방송에서 토요일마다 베리칩에 대한 설교를 해왔던 천해동 목사는 외부압력에 의해 더 이상 설교를 할 수 없게 되자 교회 안에서 강의를 하기로 했다.

사백 여 명이 모였다.

"인체에 삽입된 칩이 우리 인간에게 얼마나 무서운 영향을 끼치는지 오늘 깨닫고 가시길 바랍니다. 안타깝게도 목회자들이 이 말세에 먼저 배도하는 일들이 가끔 일어납니다. 왜냐, 목사하나 무너뜨리면 딸린 영혼들이 줄줄이 지옥 가니까 맨 위에 있는 사람 먼저 무너뜨리는 것이 사탄의 핵심전략입니다. 그래서 일반성도보다 목회자에게 사탄의 강한 시험이 많은 것입니다. 1초 남은 이 마지막 때에 잘못된 목회자를 분별해서 빨리 빠져나와 돌이키는 것이 구원받는 길임을 아시길 바랍니다."

"아멘."

"많은 목회자들이 말세에 대한 설교를 회피하는 것은 여러 이유가 있습니다. 굳이 잘 살고 있는데 주님 지금 안 오셔도 괜찮겠다고 생각하는 성도들이 은근히 있단 말입니다. 그 부류 가운데에는 물질도 넉넉하고 사업도 잘되고 승승장구하는 사람들이 있다는 것이지요. 축복된 말, 잘 사는 길, 번영하는 길을 가르치면 목회자도 편하고 성도도 편하니까 자연히 회피하게 되는 것입니다. 또한 이단으로 몰릴 가능성이 많기에 시끄러운 것을 피하려 귀에 좋은 말씀만 전하려고 하는 것이 말세의 모습입니다. 주님이 언제 오신다고 날짜를 말하는 이단들 때문에 말세론을 언급하는 것은 왠지 이단스러워 보이는 분위기가 형성되어 있는 것이 현실입니다. 그것은 사탄이 미리 연막작전을 펴는 것입니다. 이것은 마귀들이 휴거를 말하지 못하도록, 믿지 못하도록 분위기를 조성하고 작전을 세우는 것입니다."

사람들은 고개를 끄덕이며 누구하나 움직이지 않고 들었다.

"베리칩이 무언지 모르는 분은 아무도 없을 거예요. 왜 베리칩이 인간의 영혼에 무서운 영향을 끼치는지 말하겠습니다. 먼저, 식물의 접붙임을 잘 알겁니다. 고구마 줄기에서 땅 속엔 고구마가 열리지만 위에는 방울토마토가 열리는 것 같은 이치입니다. 인간의 개성을 하나님이 만들어주신 유전자로 살게 하는 것이 아니라 인간을 새세계정부에서 원하는 유전자, 즉 하나님을 저주하고 신앙을 져버리도록 유전자 변이를 일으키는 개량형 인간을 의미합니다. 바코드를 보면 줄이 여러 개 그어져 있는데 앞과 중간, 그리고 맨 뒤에 길고 가는 한 쌍씩의 줄이 있고 그 아래엔 숫자가 비어 있습니다. 바로 그 자리에 컴퓨터 부호 숫자 '6' 이 들어갑니다. 그러니 보이지 않는 가드바 즉 울타리가 3개니까, 6.6.6 바로 짐승의 숫자가 되는 것입니다. 다른 용어로 바코드의 울타리를 터미네이터 라인이라 합니다."

누군가 질문했다.

"목사님, 그럼 유전자가 어떻게 변이된다는 말씀이신가요?"

"네, 인간의 유전자(DNA)는 30억 개로 이뤄지고 있습니다. 그 중 3백만 개의 유전자를 찾아 조정하는 핵심부분인 128개의 유전자로 축약할 수 있습니다. 거기에 부호를 붙여놓은 것이 유전자 지도이며 DNA-code입니다. 우리의 휴거가 있은 후엔 베리칩을 받은 유전자 코드가 더욱 강력한 힘을 발휘하며 인간을 원격조종하게 됩니다. 단일정부에 무조건 복종하게 하고 기계적 인간을 만들기 위해선 사람의 유전자를 변이시켜야 되기 때문에 그토록 강력하게 칩을 받도록 요구하는 것입니다. 아마도 미친 인간로봇이 되는 셈이지요."

사람들은 고개를 끄덕이면서도 두려움에 떨었다.

"128개의 유전자에게 역기능(Reaction)을 지시해서 실행Key를 누르면 위성을 통해서 칩을 받은 모든 사람의 체질과 성품과 생각 등을 완전히 바꾸어 놓습니다. 짐승의 통치자를 숭배하도록, 하나님을 저주하도록 바꾸어 놓는다는 것이 무서운 것입니다. 내 의지와는 전혀 상관없이 길을 가고 생각을 하고 행동을 한다는 것입니다. 그야말로 사이보그 인간, 즉 터미네이터 인간이 되는 것입니다." 사람들은 긴장하는 표정이었다.

"베리칩은 짐승에게 마음을 파는 행위입니다. 영혼을 팔아넘기는 행위입니다. 하나님과 원수가 되는 일입니다. 우리가 아무리 멀리 떨어져 있어도 휴대폰 발신번호가 전 세계 어디라도 찾아가는 것처럼 칩을 받은 사람은 지구 끝에 있어도 찾아낼 수 있고 조종할 수 있습니다. 인간의 생각, 감정, 사상 등이 완전히 다른 사람으로 바뀌어 버리니 얼마나 큰 혼란이 있을지는 상상만 해도 끔찍한 것입니다. 영혼의 변질 뿐 아니라 정신적 충돌과 육체적 질병도 강력하고도 희귀한 병으로 전이되어 사람을 괴롭힐 것입니다. 이렇게 인간의 사상을 바꾸는 것은 공산주의와 똑같은 이치입니다. 이 세상을 하나로 만들어 마음대로 휘두르려는 그들의 속셈을 우리는 알아야 합니다. 좋은 점, 편리한 점만 강조해서 그 뒤에 숨은 무시무시한 그들의 전략을 모른 채 오늘도 칩을 받고 짐승의 노예가 되는 일이 그렇게 많은 것입니다. 우리는 짐승에게 접붙임 할 수 없는 하나님의 성결한 자녀입니다. 여러분 그것을 잊지 마시길 바랍니다."

"목사님! 그렇다면 새세계정부의 주된 목적이 북한의 공산주의와 일맥상통한다는 뜻인가요?"

"맞습니다. 바로 그 점이 무섭다는 것입니다. 북한이 예수를 믿는 자들을 무조건 죽이거나 고문을 하는 것도 인간이 신이 되었기에 예수가 가장 큰 적이 됨을 알고 있기 때문입니다. 새세계정부도 인간을 신으로 섬기게 할 것입니다. 그렇다면 가장 큰 적이 바로 예수를 믿는 우리들이라는 것입니다."

"저도 질문 있습니다. 목사님! 통치자들의 강압과 핍박에 못 이겨 마음과는 다르게 억지로 칩을 받은 후 얼마 지나지 않아 칩을 빼려면 그것이 가능할까요? 제 생각엔 믿음이 강한 사람이라면 어느 정도 가능하지 않을까요?"

"네, 좋은 질문입니다. 믿음이 없거나 신앙이 없는 사람들은 그런 점을 궁금해 합니다. 억지로 칩을 받는다 해도 내 자신이 죽어도 받지 않겠다는 것과, 강압에 못 이겨 받는 것과는 다릅니다. 강압에 못 이겨 받았다 해도 내 자신의 선택에 의한 것이기 때문에 일단 칩을 받으면 이미 영혼을 사탄에게 팔아넘긴 증표가 됩니다. 유전자 코드가 하나님을 저주하도록 명령을 내리기 때문에, 하나님께로 돌아가고 싶어도 영혼과 육체가 말을 듣지 않습니다. 이미 그 사람은 사탄에게 코드가 맞춰져 있어 움직이는 로봇과도 같기 때문에 100%는 아니더라도 돌이키기가 어렵다는 것입니다. 컴퓨터 중앙에서 엔터키 한번만 누르면 자신들이 원하는 유전자로 바꿀 수 있는데 저들이 쉽사리 포기하겠습니까? 그래서 휴거 때 모두 다 들림 받아야 하는 이유가 여기 있는 것입니다. 휴거 후에 그토록 무섭고 끔찍한 환란을 견디면 다행이지만, 그 같은 환란을 겪고도 끝까지 믿음을 지키기가 여간 어렵지 않은 것입니다. 왜냐, 성령을 거두어 가기 때문입니다.

고린도전서에 보면 우리 몸은 하나님의 성전이라고 기록되어 있습니다. 성전 된 우리가 하나님 곁으로 다 올라가니 성령이 이 세상에 있지 못하는 것입니다. 그래서 환란 때 더욱 견디기가 힘든 것입니다."

"목사님! 휴거되지 못하고 남겨졌을 때 성령을 거두어간다면 순교가 무척 힘이 들것 같아요."

"네, 교회와 함께 성령이 떠난 후에는 그리스도를 위해 죽는 일은 더더욱 어려운 일일 것입니다. 그땐 혼자 힘으로 순교해야 합니다. 누군가 순교를 각오한 사람이 있어 동행한다면 조금 도움은 될수 있겠지만 많이 힘들겠지요. 기억하십시오. 차라리 갈기갈기 찢어서 죽더라도 순교하는 것이 낫지, 영원한 지옥 불을 우리가 어찌견딜 수 있겠습니까?"

천해동목사는 모인 성도들에게 두 손을 들어보라 했다.

"여러분! 따라하십시오."

사람들은 모두 두 손을 높이 들었다. 그리고 힘차게 외쳤다.

"몸은 죽여도 영혼은 능히 죽이지 못하는 마귀를 두려워하지 말자! 잠깐의 고통을 견디지 못하면 천국에 들어갈 수 없다."

강연이 끝나고 기도회가 이어졌으며 사람들은 남겨질 영혼들에대해 회개의 운동과 구원이 이뤄지기를 피를 토하듯 통성으로 기도했다. 그리고 주변에 아직 칩을 받지 않는 사람들에게 이 사실을 알리고 그들을 인도하기 위해 진지한 의견을 나누었으며 가족이나 친지들에게도 깨닫는 영을 달라고 기도했다.

사람들은 밤이 새는 줄도 몰랐다. 혹시나 남겨진 사람들에 대한편지와 이메일을 남기는 것과 그들에게 비상식량을 마련해주는 일도 해야겠다고 의견을 모았다. 마가의 다락방처럼 그들의 간절한기도와 안타까움은 영혼을 살리고자하는 피 끓는 심정이 되었다.

일본선교를 준비하고 있는 벧엘교회 성도들은 마지막 추수를 위해 기도로 준비하고 있었다. 지난해 일본 홋카이도에서 겨울에 기온이 30도까지 상승해 일본열도를 긴장하게 했었다. 재앙이 다가오고 있다며 저마다 자신들이 만든 신을 부르며 기도를 올렸다고 한다. 선교사들의 피나는 전도에 마음을 연 그들, 회개의 바람이 불어 주께로 돌아오는 역사도 점점 늘어나고 있었다. 서서히 가라앉는 일본열도 때문에 복음이 들어가기 수월해졌다며 선교의 지원이 필요함을 연락받고 벧엘교회에서는 지원을 아끼지 않겠다고 약속했다.

벧엘의 청년들은 일본어와 문화를 공부하며 선교를 준비했다. 로미도 그전부터 벧엘교회에서 신앙생활하면서 선교준비에 최선을 다하고 있었고 김목사도 무보수로 충성하며 선교에 동참하기로 했다.

진주어머니는 위로금과 보상금을 전액 선교헌금으로 내놓았다. 시골에 있는 집을 팔아 그 돈도 함께 헌금했다. 진주의 피가 묻은 돈을 함부로 쓸 수 없다며 하나님 나라 확장에 귀하게 쓰이기를 간절히 원했다. 오전도사는 진주어머니가 걱정되었다.

"어머니! 몸이 상할 까봐 걱정했는데, 저희와 일본선교 가실 수 있겠어요?"

"전도사님, 이 늙은 게 가면 방해만 되겠지만 진주를 대신해 식사봉사라도 해주고 싶어요. 제게 드는 비용은 제가 부담할게요."

일본어로 찬양과 말씀을 준비한 선교팀은 파송예배를 드린 후 김영찬 목사의 인도에 따라 선교를 떠나게 되었다. 일본정부의 핍박을 각오하고 가야했기에 두려움도 있었지만 목숨을 다해 한 영혼 더 구원하려는 열정을 주 앞에 불태우기로 했다.

유럽연합이 전 세계를 코드화 시켜 나라마다 관리 감독에 들어가고 있었다. 각 나라 최고 통치자는 EU의 허락 없이 수출입도 군사권도 발휘할 수 없는 방안이 통과되어 세계 각 나라들의 동요가 있었다.

터키 출신인 유럽의 레블린총리는 유럽에서 정치학 박사과정을 마친 엘리트였다. 총리는 정치적 수단이 뛰어난 사람이었다. 각 나라 원수들은 레블린총리의 리더십과 훌륭한 언변, 깔끔한 처세술에 고개를 숙이지 않을 수 없었다.

이스라엘과 이란의 전쟁 중에 그들을 손잡을 수 있도록 능력을 발휘한 레블린의 정치적 힘은 세계를 하나로 모으는데 큰 공력이 인정되어 그 해 노벨평화상을 받았다. 아프리카 원주민들에게도 손을 내밀어 연방정부에 공조하며 새로운 문명을 받아들이게 하는데 힘을 발휘한 총리였다. 세계가 낳은 인물이라며 각 나라 언론은 그를 비추기에 촉각을 세웠다. 전쟁은 우리 모두가 원하지 않는다는 구호로 이스라엘의 평화를 단상에서 외칠 때 많은 사람들이 박수를 치며 환호했다. 이미 이뤄진 경제적 통합으로 세계 각 나라는 더 이상 독단적 행동을 할 수 없다며 모든 연방정부에서 통합된 시스템으로 지구 전체를 이끌어나가겠다는 인터뷰를 전 세계가 동시에 방영하였다.

레블린총리가 세계에서 크게 주목받는 인물이 되자 강박사의 위세 또한 그 힘이 커졌다. 아시아를 대표하는 인물이기도 하지만 작년에 북한을 연합정부로 끌어들이는데 크게 기여한 바가 있어 노벨평화상 후보에 강박사의 이름이 오르기도 했었다. 그들은 정치적으로 통합되어가는 과정에서 세계가 주목하는 3대인물에 속한 사람들이었다.

이스라엘과 이란이 7년 평화 협정을 맺는 중요한 날, 레블린총리가 단상에서 평화 서약서를 받고 악수를 하고 내려오는데 이란의 좌파 청년이 레블린총리의 심장을 향해 방아쇠를 당겼다. 피격을 당한 총리는 그 자리에서 피를 토하며 쓰러졌고 이란 청년은 현장에서 체포되었다. 병원으로 신속히 이송되었지만 레블린총리는 곧 숨을 거두고 말았다.

세계 언론은 연방정부의 리더쉽에 큰 차질이 생겼다며 대서특필하였다. 앞으로 연방정부가 나가야 할 방향을 모색하기도 했다. 유력한 연방대통령의 후보였던 총리의 죽음으로 비상대책위원회가 구성되기도 했다. 온 세계 언론은 떠들썩했다. 위대한 지도자가 죽었다고… 그는, 우리 시대에 영원히 살아남을 평화의 도구였다고… 그가 죽은 그 해 겨울, 세계를 침울하게 했던 그의 죽음은 커다란 이슈로 등장했다.

 이제 강박사는 또 다른 위력을 발휘할 때가 왔다며 그동안 아무
도 모르게 진행 중인 특급프로젝트 마무리 검토에 들어가고 있었
다. 강박사는 하나님이 귀찮다고 손 뗀 일을 대신 하는 것뿐이라고
믿었다. 생명책의 명부를 국가기밀보다 더 철통보안하며 새로운 세
대를 준비하고 있었다. 상박사는 거대한 바벨탑의 주인이 되고 싶
었고 세계를 주무르는 신의 손이 되어 큰 소리로 호령하고 싶은 야
망이 있었다. 세계정부도 태연하게 다음 일들을 진행시켜 나갔고
각국은 앞다투어 그를 추모하는 분위기를 만들어갔다. 총리의 죽음
은 눈 덮인 거리처럼 그렇게 하얗게 묻혔다.

chapter **8**
그가 없는 휴거

"다른 사람 다 휴거되어도 오전도사 못 갔으니, 휴거가 아니지 않겠나?"
"휴거있기 열흘 전 하나님은 저에게 남겨진 자들을 잘 인도하여
구원에 이를 수 있도록 순교의 믿음을 주셨습니다.
목사님도 아직 칩을 받지 않으셨다면 끝까지 표를 거부하셔야 합니다.
그렇지 않으면 음부의 권세를 이기지 못해 유황불에 갈 것입니다.
칩을 받지 않고 대 환란을 통과해야 천국에 이를 수 있음을 꼭, 기억…"

터미네이터 라인 및 195

그가 없는 휴거

화려했던 성탄의 축제가 지난 거리는 칙칙하고 한산해 보였다. 한 해가 저물고 교회와 대형 건물을 장식했던 트리는 사라지고 들뜬 분위기도 가라앉았다.

겨울이지만 영상의 기온을 보이며 보슬비까지 내리고 있었다. 그날 저녁. 하늘은 습한 기운을 안고 뭐라도 금방 쏟아 부을 것 같은 기세였다. 밤 11시를 넘기자 빗줄기가 굵어지기 시작했다. 작달비로 바뀌는 순간은 10분도 채 걸리지 않았다. 하루 종일 빗물을 모았다가 쏟아 붓는 것처럼 우두둑, 소리와 함께 온 세상을 적시고 있었다. 천둥과 번개는 잠자고 있는 사람을 깨울 정도로 크고 우렁찼다. 그칠 줄 모르던 빗소리에 긴장하고 있는데 0시를 넘기자마자 어디선가 그릇 깨지는 소리가 났다. 지붕을 망치로 두드리는 소리가 나는가 하면 마당에 쳐놓은 천막까지 찢어졌다.

기온이 영하 10도까지 급격히 내려가면서 작달비가 빙하처럼 얼어버렸다. 소금기둥이 되는 일도 몇 초 사이에 그렇게 되지 않았나 싶을 만큼 순식간이었다. 순간적으로 얼어버린 작달비는 고드름이 되어 밤에 학원수업을 마치고 우산 없이 길을 가던 학생의 정수리를 강타해 그 자리에서 숨지는 일이 벌어지고 말았다. 우산이 찢어지고 어떤 이는 손등에 맞아 살이 찢어지고 항아리 뚜껑이 깨지기도 했다.

많은 인명피해와 재산피해가 나자 사람들은 처음 당한 일에 혼란을 겪었다. 환경이 파괴되고 온난화가 되면서 온도의 변화가 심한 것은 사실이지만 이렇게 단시간 내에 온도의 변화를 보인 것은 역사상 처음 있는 일이었다. 기이한 현상에 기독교인들은 말세의 마지막 징조라고 여기며 두려워 떨었지만 한 쪽에서는 그래도 아직은 사는데 지장 없다며 담담하게 대했다.
교회의 임시 창고를 덮고 있던 천막이 너덜너덜 걸레가 된 것을 보고받은 최목사는 천막을 거두고 합판으로 교체하라고 지시했다.

총리가 죽은 지 나흘 째, 강박사의 얼굴을 생각해 서울에 마련되어 있는 추모관에 다녀왔다. 당회장실로 들어온 최목사는 문득 달력을 훑어보았다. 그러고 보니 벌써 칩 받은 지 3개월이 되었다.

이제 기한이 되었으니 빼야겠다고 생각하여 해지 신청을 하려고 사이트에 접속했더니 당장 생활전반에 불편한 점이 한 두 가지가 아니었다. 위약금도 만만치 않았고 그동안 쌓아온 부의 기반이 흔들리게 되었다. 수당도 뱉어내야 했고 강박사가 선물해준 5억짜리 외제차도 반납해야 했다. 그런 것은 그다지 문제 되지 않지만 강박사가 자신에게 해준 말이 자꾸 마음에 걸렸다. 조금 있으면 세계적인 목사로 키워주겠다고 한 약속을 기대하고 있던 최목사는 오래지 않아 꿈이 실현될까 싶어 마음이 갈팡질팡하였다.

"만약에 베리칩이 짐승의 표라면 이번에 빼야하는 것이 맞다. 그러나 짐승의 표가 새로이 등장한다면 강박사와의 약속 때문에 굳이 뺄 필요는 없을 것 같고 또한 나 때문에 받은 사람들이 괜히 받았다며 항의하겠지? 어떻게 해야 휴거도 되고 명예와 부도 버리지 않는 길이 될까?"

이틀밖에 기한이 남지 않았다. 목사로서 발휘하는 권위도 흔들릴 것이다. 편리한 생활과 풍족한 씀씀이에 길들여진 최목사는 고민 끝에 그래도 휴거만큼은 반드시 이뤄져야 할 것이라며 칩을 빼기로 마음먹었다. 다음날 칩을 빼기 위해 오전 일정을 미루고 있는데 연락도 없이 강박사가 찾아왔다.

"최목사, 오랜만이요. 사이보그 곤충으로 실적이 부쩍 늘었다고 해서 축하해 주러 왔지요. 역시 최목사는 인텔리전트 한 사람이요."

"쪼그만 녀석들이 사람을 이렇게 높여주니 효자가 아니겠습니까, 재미 좀 톡톡히 봤습니다. 그나저나 연락도 없이 오늘 어쩐 일로…" "오늘은 최목사가 기다리던 소식을 듣고 왔습니다. 모든 종교가 하나로 통합된 아시아 최고 위원회, RCC 총회장이 저번 달에 불미스런 일로 사임했습니다. 그래서 내일 총회장 선출이 있는 것 광고를 통해 알고 계시지요?"

"네, 주위 목사들도 그 자리를 위해 많은 로비를 한 것으로 알고 있습니다."

"저번에 최목사가 칩 이식을 마쳤을 때 내가 RCC에 최목사를 가입시켜 두었고 일정회비와 찬조를 최목사 이름으로 보냈습니다. RCC는 모든 종교를 통합시키려는 원래 목표가 있습니다. 다른 종교는 다 가입했는데 기독교는 아직 50% 밖에 가입되지 않아 관리가 어려운 것이 현실입니다. RCC 총회장만 되면 세계종교를 아우르는 교황과도 같은 권위를 손에 넣는 것이니 얼마나 영광스런 일이 되겠습니까? 최목사를 총회장으로 추대하려는데 어떻습니까? 그 자리 서로 하겠다고 줄을 서지만, 생각 좀 해보겠다며 일단 돌려

보냈습니다. 총리께서 지명해야 했는데 돌아가시기 전에 그 권한을 저에게 일임하셨지요. 최목사가 원치 않으면 그 목사들 중에서 뽑아야겠지요."

"정말요? 저에게 그 자리를…? 이것이 꿈인지."

"현실입니다. 개교회 목사들을 파송하는 일부터 교회문제를 처리하는 일까지 한국교회를 관리감독하고 모든 종교를 다 연합시켜 주는 역할만 하면 됩니다. 내가 약속한 것은 꼭 이행하는 사람이라는 것 기억하지요? 한국의 모든 종교가 최목사의 방침에 따라 흘러가도록 기득권을 잡으셔야지요. 내일 워커힐 호텔에서 대형교회 목사들과 큰스님, 신부들이 모일 것입니다. 추천제로 뽑기로 되어 있는데 이미 최목사를 추천하고 선택해 주는 무리들을 섭외해 두었습니다. 오늘 저녁에 지시만 한 번 더 내리면 각본대로 되는 것이지요. 최목사는 쫙 빼입고 가서 당선 소감이나 멋지게 발표해 주면 됩니다."

"제가 그렇게 큰 자리를 잘 감당할 수 있을지 걱정입니다."

"무슨 소리, 최목사는 잘 할 수 있습니다."

악수를 청하는 강박사는 최목사의 차가운 손을 여러 번 흔들어 쥐었다. 얼떨떨했지만 이제야 꿈이 이루어지는구나 싶어 창공을 가르는 연처럼 마음은 너울너울 춤추고 있었다. 강박사가 간 후에 RCC부회장으로 역임했던 목사에게 전화가 왔다. 이미 최목사가 유력한 후보자라며 축하한다는 내용의 전화였다. 전화를 끊자마자

부산 인천 대전 전국에서 빗발치는 축하 전화를 받느라 정신이 없었다. 이럴 시간이 없다고 생각한 최목사는 전화를 부재중으로 돌려놓고 당선 소감을 권위 있는 문체로 써내려가고 있었다.

최목사는 어느새 칩을 빼려던 생각을 까맣게 잊어버린 채 세계 각지에서 밀려오는 인터뷰 예약을 받고 있었다. 식구들에게 이 기쁜 소식을 알리려고 집에 들어서니 사모가 울고 있었다.

"여보! 어떡하면 좋아요. 영모가…"
"영모가 왜? 빨리 말해. 뭐야?"
"춘천에 있는 김형사한테 전화 왔어요. 혹시 영모의 클론이 아직 잡히지 않았냐고…"
"그게 왜?"
"영모가 친구들하고 춘천에서 마약하다가 잡혔대요. 흑, 흑."
"내가 영모 잘 붙잡아두고 외출시키지 말라 했잖아!"
"오전에 잠시 헬스 나갔는데 그사이 집을 나갔지 뭐예요. 금방 오겠지 걱정도 안하고 있었는데…"
"에이, 나쁜 놈의 새끼, 걱정하지 마. 내가 김형사랑 통화해볼게."
"강박사님한테 부탁하는 게 빠르지 않을까요?"
"내가 다 해결할 수 있어. 내일 있을 RCC총회장 선거에 당선될

꿈이나 꾸라구!'

"네? 그게 정말이에요? 우리 남편, 승승장구하니까 좋긴 좋네요. 여보, 나 뭐 입을까요?"

"아무거나 입어."

퉁명스럽게 말하는 최목사는 서재로 들어가 스크린으로 통화했다.

"목사님! 오랜만입니다. 김형사입니다. 전 영모의 클론이 잡힌 줄 알고 스캐너를 대어보니 정확한 주민번호가 들어간 진짜 영모가 맞더라구요."

"대체 뭐 하러 춘천까지 갔답니까?"

"전의 여자 친구 생각이 나서 친구들을 이리로 모이게 했나봅니다. 조사해보니 마약이 이번이 처음이 아니라 벌써 다섯 번째라며 순순히 자백했습니다."

"아휴, 형사님! 제가 내일 RCC총회장 당선확정이 되었는데 경사를 앞두고 이 일이 있어 유감이네요. 형사님께서 신경 좀 써주신다면 제가 강박사님께 그 수고를 잘 보고해 드리겠습니다."

"예, 그렇다면야 저야 감사할 따름이지요. 제가 알아서 마무리하고 영모를 집으로 돌려보내겠습니다. 아무튼 축하드립니다. 총회장이 되신다면 정말 목사님 만나기가 더 어렵겠는걸요. 제가 알아서 다 처리할 테니 걱정하지 마십시오."

다음날 사모도 정장을 곱게 차려입고 따라나섰다. 오전 10시가 넘도록 밖은 어둑어둑했다. 흐린 날씨라고 하기엔 뭔가 석연찮은 기운이 감돌았지만 먹구름이 많아 그럴 거라며 워커힐 호텔을 향해 가속페달을 밟았다. 태양이 빛을 잃은 것처럼 사방이 어두워져 모든 차들이 전조등을 밝히며 야간 운행하듯 움직였다. 도착해보니 많은 목사들과 종교계 거물들이 자리하고 있었고 취재진들이 좋은 자리를 맡기 위해 분주히 움직이고 있었다. 여기저기서 플래시 세례가 터지기 시작했다. 레드카펫을 밟는 기분이 이렇게 눈부시게 떨리는 것인지 처음 알았다.

세계 언론에서도 큰 관심을 보이며 열띤 취재를 펼치려 애썼다. 최목사는 드디어 원하던 자리를 얻었고 준비한 대로 멋진 소감을 발표할 수 있었다. 이렇게 쉽게 큰 자리에 올라온 자신이 왜 그리 찬란해 보이는지… 이 순간을 즐기기로 했다. 식이 끝나고 많은 이들의 축하세례를 받으며 만찬의 주인공이 되었다.

다음 주에 있을 취임식 순서담당에 관한 문의가 거론되자 최목사 밑으로 줄을 서기 위해 명함을 내미는 종교계 지도자들이 악수를 청하며 다가왔다. 강박사와 대통령이 보내온 화환이 제일 앞에 자리하고 있었다. 주위 사람들이 한 턱 내라고 아우성이었지만 취임식 이후로 미루겠다는 말로 대신했다. 넘치는 꽃다발과 수많은 명함을 들고 인터뷰 예약 때문에 호텔을 빠져나왔다.

오후 5시가 넘어가는데 마른번개가 어두운 하늘을 갈라놓을 듯 섬뜩하게 번쩍였다. 회오리 모양으로 꼬물거리며 길게 서있는 구름의 모양은 희한했다. 뭔가를 빨아들이는 듯, 다홍빛으로 엉킨 구름을 찍으려는 사람이 여기저기 보였다. 최목사도 신기한 구름을 휴대폰으로 찍으려고 초점을 맞추려는데 UFO인 듯 보이는 물체가 화면에 포착되었다. 요즘 들어 흔하게 나타난다는 기사를 많이 보았지만 최목사가 직접 보긴 처음이었다. 비행물체가 하늘을 빙글 돌때마다 구름의 모양이 여기저기 흩어지는 것 같이 보였다. 최목사는 교회에서 기다리고 있는 기자와의 약속 때문에 영상에 담는 것으로 만족해야 했다.

취재를 마치고 교회 뜰로 나와 기자들을 배웅하며 명함을 주고받았다.

"최기자님! 오늘 수고 많았습니다. 같은 최씨라서 정이 가네요. 기사 내용 잘 부탁드립니다. 강박사님과도 좋은 관계임을 피력해주시면 감사하겠습니다."

"염려 마십시오. 저도 최목사님과 좋은 인연이 되었으니 나름대로 멋지게 기사를 편집해 보겠습니다."

기자들이 떠나고 최목사는 교회 뜰을 둘러보며 마음을 가라앉히려 했다. 너무 긴장한 탓에 어깨근육이 뭉쳤는지 뻐근함이 밀려왔다. 아까 찍어둔 UFO 영상을 확인해 보았다. 분명 찍고 저장까지 했는데 하늘은 그대로 담겨졌지만 UFO만 없었다. 왠지 사기당한 느낌이었다.

구름 뒤로 해가 지자 빛을 잃은 노을이 눈에 들어왔다. 하루 종일 어두워 의아했는데 노을마저 검게 변해버린 것이다. 처음엔 주홍빛에 검은 점이 생기더니 5분도 채 걸리지 않아 노을이 검게 그을려졌다. 빛이 어디쯤 숨어있을까 눈을 뜨고 찾고 있었다.

"꼭 경사스런 날에 날씨가 어깃장을 놓네, 하늘도 무심하지."

최목사는 행복했던 생애 최고의 날을 되새기며 날씨 때문에 잔치 기분을 망칠세라 생각을 다른 곳으로 돌리려 애쓰고 있었다.

저녁 만찬을 기다리고 있을 동기 목사들과의 약속을 위해 일식집으로 향했다. 40명으로 예약을 했지만 60명이 넘게 참석해 좌석은 만원이었다. 서로 명함을 들이밀며 자신의 얼굴을 최목사에게 각인시키기 위한 인사치례용 멘트가 끊이지 않았다.

"목사님! 언제든지 목사님 부르시면 제가 달려가겠으니 김치국. 이 사람을 기억해 주십시오. 저는 최목사님이 총회장이 될 것을 미리 알고 있었습니다. 자! 비록 음료이지만 모두 최목사님의 탄탄한 미래를 위해 건배!"

최목사의 전화기에는 축하를 하려는 사람들 전화가 끊이지 않았지만 벨소리는 축하소리에 파묻혀 버렸다.

"최목사! 여기 모인 우리들은 모두 최목사를 지지하는 사람들일

세. 내가 비록 나이는 많지만 최목사의 멋진 활약을 기대해 보겠네."

"여부가 있겠습니까? 선배 목사님이 이제야 저를 지지해주시니, 제 마음이 든든하고 기쁩니다. 자, 오늘 여기 모인 사람들에게 다음 기회에 특별한 마음을 전할 테니 조금 기다려 보십시오."

식사를 마친 사람들은 청담동 커피숍으로 2차 분위기를 만들어 갔다. 차 한 잔에 5만원이 넘지만 최목사는 그들의 흥에 나팔까지 불어주며 최고의 날을 만끽하고 있었다.

모두들 헤어진 시간이 밤 11시 반을 넘어가고 있었다. 술 한 잔 입에 대지 않았는데 최목사는 왠지 취기가 도는 듯 피곤했다. 축하 세례에 취해서일까? 달콤한 말을 많이 삼켜 구역질도 나는 듯 몸을 가누기 힘들었다. 대리기사를 불렀다. 그동안 기사를 둘 수도 있었지만 최목사는 워낙 운전을 좋아해 미루고 있었다. 내일부터 당장 자신만의 기사를 두어야겠다고 생각하며 집으로 향했다.

시원하게 뚫린 도로를 질주하는 동안 최목사는 깜박 잠이 들었다. 아파트 주변도로에 들어서다가 기사가 급브레이크를 밟아 최목사는 놀라서 눈을 떴다. 대리기사는 가슴을 쓸어내렸다.

"코너 쪽에 사고가 났나? 방금 전에 강한 빛이 저 앞 쪽에서 번쩍하는 것을 보셨습니까?"

"아닌 밤중에 홍두깨도 아니고, 무슨 소리야? 이 밤에 빛? 속도위

반 카메라가 번쩍 한 것 아니야? 그런 일 가끔 있거든."

"이런 좁은 도로에는 카메라가 없습니다."

잠시 후 요란하게 구급차와 경찰차가 사고현장으로 달려왔다. 우회전으로 꺾인 도로에 5중 추돌 사고가 난 것이다. 경찰차는 운전자가 사라졌다며 튕겨나갈 만한 곳을 뒤진다고 십여 분을 지체했다. 0시 20분경 겨우 집에 도착한 최목사는 넥타이를 풀고 소파에 누웠다. 잠이 오지 않아 자신의 화려한 뉴스를 기대하며 TV채널을 돌리고 있었다.

갑자기 속보가 흘러나왔다. 한국 시간으로 0시를 5분 넘긴 시간에 동시다발적으로 사람들이 사라져버린 사건에 대한 특보였다.

운전자가 없어진 교통사고가 셀 수 없을 만큼 많았고 막차를 달리던 지하철 기관사가 사라져 일곱 정거장을 그냥 통과해 마주 오는 전차와 충돌해 버린 사건, 도로마다 교통사고가 수없이 일어났지만 구급차가 부족해 사고현장에 미처 닿지 못한 곳도 많음을 보여주었다.

무엇보다 큰 사건은 밤 11시 50분 두바이로 향하던 비행기가 추락한 사건이 발생했다. 그 안에 있던 기장 두 명이 모두 사라진 것이다. 이들은 예수를 영접한 지 얼마 되지 않아 항공사 신상기록부에 기독교인으로 등록되지 않았다. 혹시나 이런 큰 사태를 대비해 기장 중 한 명이 크리스천이면 다른 한 명은 다른 종교나 무교인으로 배치를 해야 하는 것이 관례처럼 되어 있었다. 이륙한지 15분도 되지 않아 떨어진 비행기는 숲속에 추락하고 말았다. 궤도를 이탈한 비행기 조정실에 관제탑에서 신호를 보냈으나 조정실 CCTV에는 기장의 사라짐이 이미 확인되었다고 했다. 9천 피트 상공에서 사라진 소수의 승객들은 땅에서 사라진 사람들보다 더욱 두려운 사건이었다.

인명피해나 사고 규모는 어마어마해서 집계조차 이루어지지 않는다고 설명했고 남겨진 사람들의 절규하는 인터뷰가 계속 흘러나오고 있었다.

"아내와 잠을 자는데 잠결에 강한 빛이 번쩍, 창문을 뚫고 들어오는 느낌을 받았어요. 눈이 부시고 목이 말라 일어나보니 내 아내가… 잠옷만 남겨놓고 그대로 사라졌어요. 아내는 예수를 믿는 광신도였고 난… 아니었어요. 정말 무서워요. 내 아내만 없어진 것이 아니라 많은 사람들이 사라졌다고 하니 더 소름끼쳐요."

"내 친구랑 막차를 타고 가면서 둘이 한참 이야기를 했거든요. 친구는 교회 열심히 다니는 것 빼고는 저랑 잘 통했어요. 버스 안에서 친구가 저에게 전도하고 있었고 저는 다음에 믿겠다고 말했어요. 제 옆자리 안쪽에 분명히 앉아있었는데 갑자기 강렬한 빛이 친구에게 내리쬐는 듯 했어요. 눈을 떠보니 친구가 감쪽같이 사라져 버렸어요. 친구의 가방과 신, 옷가지들이 남겨진 채… 이게 친구가 말하던 휴거인 것 같아 등골이 오싹해요."

임대아파트 경비원의 인터뷰하는 모습은 타 방송에서도 연일 보도되고 있었다.

"그 때 아파트 순찰을 돌고 있었어요. 도둑고양이들이 하도 울길래 쫓아내려고 살피는데 아파트 창문으로 빛들이 수십 개 번쩍 했어요. 드문드문 빛이 들어가서 참 신기하다 생각했어요. 그런데 얼마 후에 어떤 여자가 머리를 풀어헤치고 비명을 지르며 아파트 밖으로 뛰쳐나오는 거예요. 처음엔 미친 여자 인줄 알고 플래시를 대니까 그 여자가 내아기, 내아기, 하며 울부짖었어요. 경찰을 불렀죠. 알고 보니까 만삭이었던 여자가 자려고 누웠는데 갑자기 뱃속에 있던 아기가 감쪽같이 사라졌다는 거예요. 거참 기가 막혀서, 그 여자는 정신이상자로 취급되어 병원으로 실려 갔어요. 애가 뱃속에서 사라졌다는 소문이 아파트에 다 퍼졌고 흉흉한 말들이 여기저기서 나와 저도 미칠 지경입니다."

세계각처에서 동시다발적으로 벌어진 사건이라 경악을 금치 못한다고 속속들이 보도되고 있었다. 지구 반대편에는 낮 시간인 만큼 좀 더 자세히 보았다는 사람들의 증언이 이어지고 있었다. 착륙을 시도하던 비행기가 심한 굉음과 함께 그대로 88층 건물을 통과해서 9.11테러와 같은 사건이 벌어졌다. 허물 벗듯 사라진 사람들은 예수를 믿는 기독교인이라는 점에서 그들이 말하는 휴거가 일어났다고 놀라움을 금치 못했다. 어떤 기자는 혹시 사라진 사람들 중에 이슬람교나 불교가 있는지 수소문했지만 아직까지 그런 접수는 들어오지 않고 있다고 했다.

최목사는 벌떡 일어나 안방으로 들어갔다. 사모는 피곤했는지 코를 골며 잠이 들었고 영모는 누군가와 음란채팅에 빠져 정신이 없었다. 이것이 휴거가 아닌 사건으로 그치기만을 간절히 바랐지만 아무래도 불안한 마음을 감출길이 없었다. 새로운 사건이 뉴스를 타고 연이어 보도되고 있었다.

"어느 한 도시에서만 이런 일이 일어났다면 아무렇지도 않겠지만 지구 전체에서 동시에 사람들이 사라졌다는 것은…그렇다면 나 없는 휴거가 진정 휴거란 말인가? 내가 누군데! 말도 안 돼. 절대 있을 수 없어, 절대."

최목사는 머리를 쥐어뜯으며 절규했다.

남겨진 자들은 사라진 사람들에 대해 황망한 그리움으로 울고 있었다. 어떤 이는 이것이 휴거라면 내가 왜 빠졌느냐며 정말 억울하다고 땅을 치며 울부짖었다.

같은 시각 일본에서 선교를 마치고 입국한 팀들이 교회로 들어섰는데 그들이 짐도 풀기 전에 사라졌다. 천해동목사, 로미, 진주어머니, 왕권사, 김영찬목사, 선교에 동참한 이들이 모두 사라졌고 벧엘교회 교인 중 90%이상이 사라졌다.

최목사는 오전도사가 먼저 생각났다. 부들부들 떨리는 손으로 전화번호를 터치했다. 받지 않았다. 두 번째 걸어보았다. 통화중이었다. 오전도사를 비롯한 골수분자들이 사라졌다면 휴거라고 단정 지을 수밖에 없는 상황이었다. 세 번째에 전화를 받았다. 최목사는 안도의 한숨이 절로 나왔다.
"오전도사! 있었군, 혹시…주위에 사라진 사람들 없나?"

"목사님, 잘 들으십시오. 신부의 믿음으로 주님을 기다린 자들은 오늘 휴거되었습니다. 강한 빛과 함께 나팔소리를 들으셨나요? 벧엘교회 목사님과 성도들, 그리고 주님을 영접하며 칩을 거부한 믿음의 신부들이 좀 전에 모두 휴거되었습니다."

"다른 사람 다 휴거되어도 오전도사 못 갔으니, 휴거가 아니지 않겠나?"

"휴거있기 열흘 전 하나님은 저에게 남겨진 자들을 잘 인도하여 구원에 이를 수 있도록 순교의 믿음을 주셨습니다. 목사님도 아직 칩을 받지 않으셨다면 끝까지 표를 거부하셔야 합니다. 그렇지 않으면 음부의 권세를 이기지 못해 유황불에 갈 것입니다. 칩을 받지 않고 대 환란을 통과해야 천국에 이를 수 있음을 꼭, 기억…"

간절한 오전도사의 말에 자존심이 상했던 최목사는 말하는 도중에 전화를 확, 끊어버렸다.

"어디서 누굴 가르쳐, 이런 재수 없는 전도사를 그동안 뭣 하러 데리고 있었는지 원…"

최목사는 오전도사를 비난할수록 더욱 마음이 불안해졌다. 자고 있던 사모를 깨웠다. 사모도 소식을 듣고는 너무 놀라 텔레비전 앞에서 떠날 줄 몰랐다.

"여보, 이것이 정말 휴거라면 우린 어떡해요. 여보, 난 무서워요."

"조용히 해! 뭔가 살아날 방도가 있을 거야. 내가 그래도 아시아 종교계를 이끄는 총회장에다가 대한민국의 모든 교회를 책임지는 목사라구! 내가 빠진 휴거는 휴거가 아니야, 아니라구!"

소리를 지를수록 최목사 가슴 한 쪽이 텅 비어갔다. 불안한 최목
사는 강박사가 생각났다. 후들후들 다이얼을 터치했다. 강박사는
아무렇지도 않은 평온함으로 전화를 받았다.

"최목사! 어쩐 일이신가요. 요즘 날씨가 영, 변덕이 심하지요."

"박사님! 지금 뉴스 보셨습니까? 동시에 사람들이 사라져 버린
사건…"

강박사가 최목사의 말에 얼른 끼어들었다.

"보았지요."

"혹시 휴거가 아닌지 저는 불안해 죽겠습니다. 박사님은 뭘 아시
는지요?"

"이건 특급 보안 비밀인데, 최목사에게 말해줘도 될지 모르겠네.
일단 내가 하는 말, 절대 발표 날 때까지 누설치 않는다고 약속해
주시오."

"그럼요. 약속할 테니 빨리 말씀해 주십시오. 저는 지금 미치겠
습니다."

"총회장이 이렇게 마음의 안정이 안 되면 아시아 종교계가 흔들
리지 않겠습니까? 내가 다 말할 테니 진정하십시오. 내일이면 사라
진 사람들의 정체에 대해 보도 될 것입니다. 그 사람들은 예수에 의
해 휴거 된 것이 아니라 UFO에 의해 데려감을 당했습니다. 몇 년
전부터 계속 UFO의 출현이 있었던 것 기억하지요? 얼마 전에도 이
름 모를 UFO에 의해 어린 아이들 여러 명 사라진 사건이 있지 않

았습니까? 외계인들은 자신들의 별에서 새로운 사회를 구축하기 위해 인간들이 필요했습니다. 그래서 수많은 인간을 데리고 가 그곳에서 새 세상을 펼칠 것입니다. 나는 그것을 미리 알고 예언했습니다. 보십시오. 유명한 목사들과 RCC 임원들 모두 전화해 보십시오. 큰일을 이루는 사람들은 그냥 이 땅에 남아 있습니다. 내일이면 그 실체에 대해 언론에서 발표할 것이니 걱정 말고 주어진 일만 열심히 하십시오."

"그렇다면 정말 휴거가 아니란 말씀이지요?"

전화를 끊고 최목사는 뭐가 뭔지 어안이 벙벙했다.

세계연방정부는 비상계엄령을 선포했다. 여기저기서 들려오는 전쟁의 피비린내 나는 울부짖음이 끝나지도 않았는데 기아와 물 부족으로, 화산과 물난리로 지구가 몸살을 앓고 있는데, 그 가운데서 이렇게 엄청난 사건은 최목사의 영혼을 절망하게 했다. 최목사는 서재로 들어가 조용히 문을 닫았다. 남겨진 사람들 속에 있어서일까, 자기 육신이 멀쩡하다는 사실이 이날만큼은 어울리지 않았다. 의자에 앉아 조용히 마음을 가라앉혔다. 휴거라고 생각하면 생각할수록 불안해서 견딜 수 없었기에 최목사는 강박사의 말을 자기도 모르게 의지하고 있었다. 이 사건이 휴거라면 최목사는 낭떠러지에 있는 것과 다를 바 없었다. 착잡하고 어두웠다. 누구를 믿고 누구를 의지해야 하는가, 하나님은 과연 뜻을 이루고 계신지 자신이 설 자리는 이곳이 맞는지 지구에 일어난 커다란 재난의 사건에 신경을 곤두세우며 그렇게 날을 꼬박 지새웠다.

다음날 강박사의 말대로 UFO에 의해 사라진 사람들에 대한 기사가 이슈를 이루었다. 어느 기자가 포착한 공중에 떠있는 뚜렷한 UFO의 사진이 텔레비전 화면을 장식했고 모든 뉴스마다 1순위로 떠올랐다. 휴거라고 말하는 것은 명백한 증거가 없다며 휴거가 아닌 외계인의 습격이었다고 말했다. UFO에 흡수되어가는 듯 공기의 이동 모습까지 보여주었다. 이런 혼란기에 세계는 더욱 더 하나가 되어 단결해야 한다고 앵커는 덧붙였다.

UFO 사건이 오전 내내 떠들썩하더니 오후 2시쯤, 놀라운 사건이 또 벌어졌다. 얼마 전 평화를 외치다 총에 맞아 죽은 연방대통령의 후보였던, 레블린총리가 살아났다는 기사였다. 세계는 어제 사라진 사람들의 휴거사건보다 레블린총리의 부활 사건을 대서특필하였다. 죽은 지 6일 만에 부활하다니…

룩셈부르크에 마련된 레블린의 장례식장은 밀려오는 조문객들로 만원을 이루고 있었기 때문에 7일장으로 하기로 했었다. 조문일이 끝나갈 무렵 더 이상 조문객들을 받지 않고 시신의 소독을 위해 잠시 통제구역을 만들고 사람들을 차단시켰다. 그때 레블린총리가 다시 부활하여 살아나니 세계 언론은 발 빠르게 큰 이슈로 보도했다.

어느새 휴거된 사람들에 대한 기사가 묻히고 있었고 레블린총리의 기자회견이 전 세계에 동시다발적으로 전파를 타고 방영되었다.

「친애하는 세계 민족 여러분! 이렇게 다시 만나게 되어 얼마나 기쁜지 이루 말할 수 없습니다. 저는 하나님이 보내신 마지막 재림주입니다. 제가 하나님 말씀대로 이 땅에 살다가 평화를 반대하는 세력에 의해 핍박 받아 죽었지만 하나님이 나를 다시 살리셨습니다. 이제 하나님은 여러분을 구원하라고 제게 명령하셨고 다시 여러분에게 보내주셨습니다. 세상이 너무 어지럽습니다. 이럴수록 여러분은 통치자의 지시에 잘 따라주어야 합니다. 이제 세상을 새롭게 건설하고 평화의 땅으로 만들어갈 것입니다. 모든 일은 새세계정부가 맡아서 할 것입니다. 전쟁은 정부 허락 없이 임의대로 할 수 없으며 모든 국가는 NWG의 명령에 복종해야 합니다. 또한 이 커다란 지구를 평화적으로 다스리려면 모든 인간은 베리칩을 받아야 합니다. 이미 받은 사람들은 더 많은 혜택을 누릴 것입니다. 이제라도 받으면 그 사람은 하나님의 백성이 되지만 이것을 거부한다면 정부의 정책에 반대하는 불법자로 간주해 법대로 처리할 것입니다. 어떤 불이익이 그 가정과 개인에 임하지 않도록 최선의 협조를 부탁드립니다. 앞으로 성범죄자나 흉악범은 이 땅에서 사라지게 될 것입니다.

사람들이 갑자기 사라져도 칩이 있으면 찾을 수 있습니다. 어느

별에 거할지라도 찾을 수 있습니다. 어제 사라진 많은 사람, 베리칩을 받았다면 찾을 수 있었겠지요. 안타깝네요. 칩 받은 사람은 이렇게 유령처럼 사라질 일이 없지 않습니까? 앞으로 이 땅의 평화를 위해, 우리 세계정부는 최선을 다할 것입니다. 누가 많이 거두지 못하도록 공평하게 똑같이 이윤을 나누고 모든 재산관리도 정부에서 해드리겠습니다. 이제 여러분은 살아있는 그리스도! 하나님 보내신 나를 믿으셔야 합니다. 나를 믿는 자는 영생을 얻고 죽음을 보지 않으리니, 영원한 천국이 바로 이 손안에 있음을 기억하십시오. 자, 새세계정부의 탄생을 우리 모두 다 같이 축하하며 건배합시다.」

레블린총리가 살아난 후 연방대통령이 되기까지 강박사의 보이지 않는 손길이 미친 것을 아는 사람은 아무도 없었다. 강박사가 하는 일에는 늘 특급보안의 울타리가 쳐 있었고 누구도 그 울타리를 넘볼 수 없었다. 최목사가 무당벌레로 강박사의 근황을 한 번 엿보려고 했지만 이름과 주소지를 입력했을 때 찾을 수 없는 영역이라고 에러문구가 떴었다.

강박사는 가장 높은 탑을 세우고 그 위에서 세상을 주무르는 능력을 가진 알 수 없는 인물이었다. 강박사의 정체에 대해 의문이 생기고 있었는데 화상으로 강박사가 전화를 걸어왔다.

"이렇게 화면으로 만나니 반갑습니다. 최목사! 이제 우리의 시대가 열리고 있습니다. 레블린총리가 연방대통령이 된 것은 참으로 우리에게 유리한 처사입니다. 앞으로 나와 최목사는 세계적으로 쭉쭉, 뻗어 갈 테니 그리 아십시오. 자세한 이야기는 나중에 하기로 하지요. 오늘 최목사에게 과제를 좀 내어 드리려 합니다. 이제 지구 안의 모든 사람은 베리칩을 받아야 합니다. 받지 않으면 범법자요, 정부에 대항하는 자로 여겨 거기에 따른 처벌을 받을 것입니다. 정부가 정한 기한까지 모든 사람이 베리칩을 받을 수 있도록 최목사가 행동시안을 작성해서 각 교회와 종교계에 공문을 보내기 바랍니다. 일반인들은 칩 받는 것 그다지 큰 동요는 없을 것입니다. 문제는 기독교인들이기 때문에 최목사가 적극적으로 일을 처리해서 많은 사람이 칩 등록을 마칠 수 있도록 해준다면 앞으로도 최목사 앞길에 더 큰 명예가 주어질 것입니다. 전, 당신의 능력을 믿습니다. 공과 사는 구분할 줄 알며 무엇이 옳고 그른지를 잘 판단하는 최목사를 제 밑에 둔 것이 지금 봐도 잘한 일 같습니다. 아무쪼록, 좋은 소식 기다리겠습니다."

최목사의 심박수가 불안정하게 뛰기 시작했다.

'나를 믿는다는 저 강박사의 진짜 속내는 무엇일까? 이렇게 쭉 뻗어가도 정말 끝이 좋은 걸까? 높아만 가는 명예가 발목을 잡고 놓아주지 않는다. 과연 하나님은 나를 보고 무어라 하실까? 모르겠다. 더 이상 생각하면 과부하로 머리가 터질 것 같다.

남자는 그렇다. 자기를 믿어주는 상사에게 자신의 모두를 걸고

싶어진다는 것을…'

누군가 당회장실을 두드렸다. 신학공부를 같이 하던 친구 안노친 목사였다. 신학 다닐 때 함께 산기도도 다니고 도서관도 다니며 단짝처럼 지내던 친구였다.

"어, 안목사! 반갑네. 이게 얼마만이야. 여기 앉게."

커다란 배낭을 메고 초라한 몰골에 피곤한 기색이었다.

"아니, 안목사, 어디 아픈가? 얼굴이 안 좋네. 따뜻한 차 한 잔 마시게"

"최목사! 간곡히 부탁할 것이 있어 왔네. 어제 사람들이 사라진 사건에 대해 자넨 어떻게 생각하는가?"

"나도 처음엔 좀 놀라긴 했지만 UFO가 데려간 것이 맞아. 자네도 나도 주를 위해 열심히 살았는데 우리가 빠진 휴거가 진정, 휴거가 될 수 있단 말인가? 아니야 그건 아니야. 그게 휴거라면 난, 하나님께 실망이네."

"최목사! 사실, 우리 집사람하고 아이들은 휴거되고 없어. 몇 달 전부터 집사람은 내게 베리칩은 사탄의 전략이며 주님 오실 날 가깝다고 제발 깨어 있으라 했었어. 내가 목사인데 왜 당신이 나를 가르치는지 모르겠다며 화를 내었지. 속으로는 나도 두려우면서도 집사람의 말을 받아들이기가 자존심이 상했어. 설교할 때도 마지막 때의 신앙을 말하기 보다는 축복 받는 비결을 강조했지. 말세, 말세

떠들던 동기하나가 나팔선교단에 미혹되어 몇 월 며칠 주님 오신다
며 사람을 불러 모으더니, 결국 이단 판정을 받고 비참하게 살고 있
는 모습을 보며 말세에 대한 설교가 왠지 조심스럽고 두렵게 느껴
진 것도 사실이야. 그날이었어! 함께 저녁을 먹고 난 후 집사람은
내게 안하던 말을 했어. 혹시 자기가 없으면 반찬은 여기 있고 옷은
저기서 꺼내 입으라는 말을 했지. 살림하기 귀찮으니까 별소릴 다
한다고 뭐라 했어. 집사람은 늘 저녁이면 아이들과 예배드린다고
방에 들어갔어. 찬송과 기도하는 소리까지 들었거든. 교회에서 방
금 기도회하고 왔는데 피곤하니 당신이나 하라며 참석하지 않았지.
11시에 시작한 예배가 반이 되어도 끝나지 않더라구. 나는 금방 끝
나겠지 생각하며 리모컨을 돌리다 깜빡 잠이 들었어. 0시가 넘어
아내가 안 보이길래 아이들 방에 들어갔어. 싸늘한 느낌에 방문을
열었지만…"

안목사는 머리를 감싸며 말을 잇지 못한 채 울먹거렸다.

"집사람이 입던 옷과 십자가목걸이, 아이들이 끼던 안경, 시계,
양말 심지어 속옷까지 그대로 바닥에 놓인 채 사라져 버렸어. 휴거
되고 말았다고. 난, 내 눈을 의심했어. 기름을 준비하지 못한 다섯
처녀처럼 너무 황망했어. 주를 위해 평생을 살았는데 내가 들림 받
지 못했다는 사실이 얼마나 무섭고 이가 갈리는지, 난, 나를 죽이고
싶을 만큼 내가 싫었어. 지난날이 후회스러워. 흑, 흑 최 목사! 우리

산속으로 도망가세. 그래도 한 가지 희망은 남아 있잖아. 짐승의 표만 받지 않고 순교한다면 우린 천국에 갈 수 있어. 비록 환란을 통과해야 하기 때문에 고통스럽지만 지옥에 가는 것보다 나을 것이 아닌가? 우리가 처음 신학 할 때처럼 순교하기를 각오해보지 않겠나? 함께 도망가세. 응?"

최목사는 묵묵히 듣고만 있다가 주먹을 꽉 쥐었다. 오전도사가 휴거라고 떠들 땐 마음으로 짓밟을 수 있었지만 간절한 친구의 말을 들으며 왠지 모르는 양심이 끓어올랐다. 어쩌면 안목사의 말이 맞는 것도 같았다. 그러나 최목사는 칩을 뺄 수 있는 기한이 지나버렸다. 용서받을 수 없는 까닭에 더욱 최목사의 목 줄기를 죄어왔다.

안목사를 회유해서 자신의 울타리에 들어오도록 해야 한다는 조바심이 밀려왔다. 이제 모든 사람이 표를 받지 않으면 고문과 죽음으로 그 값을 치러야 하는데 굳이 칩을 뺀다고 해서 자신의 선택이 용서받는 것은 아니라고 생각되었다. 안목사도 먹잇감이라고 보여지는 까닭을 알 수 없었다. 마음은 함께 도망가고 싶다는 말을 하려고 혀를 굴려보는데 육신은 안목사를 칩 받도록 강요하겠다는 눈빛으로 바뀌고 있었다. 배고픈 하이에나, 먹잇감을 두고 시장기가 뱃속 깊이 감돌고 있을 뿐이었다.

"안목사, 자네 정말 불쌍하군. 만약에 정부에서 하는 그 베리칩을 미리 받았다면 자네 부인이나 아이들이 그렇게 UFO에 끌려가지 않았을 걸세. 베리칩은 지구를 떠나 저 별에 거할지라도 찾아낼수 있다네. 이 칩은 새로운 에덴을 만드는 가장 중요한 자원이란 말일세. 자! 똑똑히 보시게."

옆에 있는 화면을 터치하자 최목사의 베리칩 고유번호에 대한 신상명세가 차르륵 펼쳐졌다. 안목사는 갑자기 떨기 시작했다.

"내가 받은 이 베리칩이 얼마나 눈을 밝게 하고 부유하게 하고 명예롭게 하는지를… 난, 그 덕분에 RCC 총회장까지 되었어. 자네도 내 밑으로 들어온다면 높은 자리 하나 마련해 줄 수 있지. 어때? 칩을 받아 볼 텐가?"

"어쩌다가, 최목사 자네가 그 칩을…"

"말하자면 길지. 그렇지만 난 이 칩을 받고 세상에서 구원을 받았네. 아담이 따 먹은 선악과 맛을 알아버린 거지. 이 선악과는 보암직도 하고 먹음직도 하고 지혜롭게 할 만큼 환상적인 맛을 가지고 있다네. 자네도 알거야 생명공학박사 강기신을, 그 사람이 나를 총회장자리까지 올려주었지. 자네도 개죽음 당하지 말고 나와 함께새 에덴을 건설해보지 않겠나?"

"내가 사… 사람을 잘못 찾아왔네."

"그렇다면 내가 자네와 똑 같이 어리석은 사람 하나 소개해 줄

테니 찾아가보게. 이거 오전도사 전화번호일세. 그 늙은 할망구도
자네와 같은 고질병을 앓고 있지."

도망가는 안목사의 뒷모습은 어둡고 서늘했다. 여러 곳을 찾는
것 보다 모인 굴을 한 번에 찾는 편이 더 합리적이라고 생각했기 때
문에 오전도사를 소개해 준 것이다. 자신의 선택이 잘못됐을지라도
억울하게 혼자 갈 수 없다 생각한 이유가 최목사를 더 악랄하게 만
들었다. 많은 사람을 넓은 길로 인도해야 할 사명이 최목사에겐 무
엇보다 우선이 되었다.

한 편 오전도사는 휴거 이후 바로 사람들에게 연락해서 뜻을 같
이하기로 약속받았다. 그들은 대부분 열심히 믿으며 신앙생활 하다
가 세상일에 바쁘거나 상처받아 마음이 식어진 사람이 많았다. 성
령의 은혜를 체험해본 적이 있던 사람들이기에 자신의 지난날이 얼
마나 어리석었는지 분통을 터트리며 괴로워했다. 뜻을 함께 한 사
람이 하나 둘 모이고 있었다.

안목사는 오전도사에게 전화를 걸어 오전도사가 믿을만한 사람
인지 대화를 유도했다. 한참 통화 하더니 흔쾌히 만날 장소로 가겠
다고 했다. 혼자 순교를 견디는 것보다 뜻을 함께 한 이들과 있으면
더욱 힘이 날 것이라고 여겼다. 목사라는 직분이 구원시켜주는 것
은 아니며 신앙의 교만과 아집은 구원과 거리가 멀다는 것을, 가족

을 먼저 보낸 후 안 목사는 깨달았다.

오전도사 집으로 찾아갔다. 이제 모든 건물이 정부의 손에 넘어가기 직전이어서 빠르게 움직여야 했다. 연락한 사람들이 다 오진 못했다. 밤이 깊어지면 움직이려고 짐들을 꾸린 후 장소 설명을 마쳤다. 사람들 눈에 띄지 않게 두세 명으로 짝을 지어 움직였다.

휴거 열흘 전 하나님으로부터 받은 사명을 천해동목사에게 말했었다.

"전도사님! 같은 사역자로서 제 마음도 무겁지만 하나님은 오전도사님이 참으로 믿을 만 했나봅니다. 아무나 순교의 길을 걷는 것이 아닙니다. 분명 전도사님을 통해 구원의 길로 인도해야 할 영혼이 있기에 그 어려운 사명을 주셨나봅니다. 제가 도울 수 있는 것이 있다면 남겨진 사람들을 위해 양식을 준비하는 일이 될 것입니다. 성경책과 캔류, 시리얼, 라면등 보관이 쉬운 음식들과 필요한 물품들을 전도사님이 환상으로 보았던 그 무인도로 미리 숨겨두겠습니다. 이것 또한 아무도 모르게 진행되어야겠지요."

천목사는 그렇게 남겨진 사람들을 위해 작은 도움이 되었다.

전라도 화도에서 배를 타고 한 시간 정도 들어가면 비겨섬이 있었다. 거기엔 예전에 사람이 살았던 흔적이 있었고 우물도 있었다.

신고하지 않고 배를 타려면 많은 돈이 필요했다. 새벽 3시에 배 한 대 띄우기로 미리 약속이 되어 있었다. 물론 배의 선장도 칩을 받지 않고 순교를 각오한 사람이었다. 다음날 정오부터 허락 없이 배를 띄울 수도 없고 움직임 하나하나 감시체제에 들어가기 때문에 시간이 없었다. 모두들 선착장으로 모였다. 시간이 되어 배를 띄우려 했지만 오전도사는 마음이 아팠다. 오기로 했던 아기엄마가 도착하지 않았다. 두고 가야 하는 것이 가슴 아팠지만 어쩔 수 없어 닻을 풀었다. 저만치 멀어지고 있는데 아기를 안은 여인이 옷가지를 흔들며 전도사님을 부르고 있었다.

"선장님! 저기 아기 엄마가 왔어요. 어서 배를 돌려주세요. 어서요!"

"안 됩니다. 배를 돌리는 건 문제 없지만 적들의 눈에 띄면 우리 모두 끝장이에요. 안됐지만 그냥 가야 합니다."

"선장님! 한 영혼이 천하보다 귀한데 우리 살자고 한 영혼 죽어가는 것도 볼 수 없잖아요. 어젯밤 태어난 저 아기는 무슨 죄가 있겠어요. 제발 배를 돌려주세요."

선장은 뱃머리를 돌려 여인과 아기를 태웠다. 몸조리도 못한 산모는 사람들이 휴거되던 그날, 새벽 1시에 아기를 낳았다. 아기가 울어서 중간에 젖 주고 오는 시간 때문에 늦어졌다. 갓난아기와 임산부까지 포함해 전부 79명이 서둘러 섬으로 떠났다.

빈집만 몇 채 남아 있다는 그 곳은 휴거 전에 하나님이 환상으로 보여준 장소이기도 했다. 새로운 고난과 환란이 기다리고 있었지만 죽음을 각오한 그들의 신앙이 거침없이 물길을 가르고 있었다. 순교의 피를 가슴에 품은 채 세상을 하직하는 마음으로 떠나고 있었다. 사람이 살지 않은 무인도에 가면 순결한 본향의 길이 보일 것만 같았다.

chapter 9
건너오지 못할 강

"나는 누구입니까?
사탄은 천하만국을 내게 주었고 나는 많은 사람을 넓은 길로 인도했습니다.
당신은 내 아들이 병들어 죽어갈 때 분명 모른척 하셨던 분입니다.
그런데, 그런 당신이 이제야 내 앞에 보이는 까닭이 무엇입니까?
이제 나는 건너오지 못할 강을 건너고 말았습니다.
내 앞엔 유황불이 저토록 찬란하게 타오르고 있는데
아, 나는 어떡하란 말입니까?"
"…… 너무 늦었습니다."

건너오지 못할 강

현대제일교회는 최목사가 총회장이라 다른 종교들보다 빨리 칩 등록을 마쳤다. 휴거 후 부터 십자가와 교회성물들은 모두 떼어버렸다. 연방대통령의 신상, 적그리스도 형상이 모든 교회와 종교부지에 세워졌고 이제 하나님을 예배하는 것이 아니라 짐승의 모형을 바라보며 사탄을 숭배하는 곳으로 발 빠르게 바뀌고 있었다.

교회 강대상 십자가가 뜯겨진 자리에 일곱 머리와 열 뿔이 달린 짐승을 탄 음녀의 조각상이 걸리고 교회나 절, 성당에도 적그리스도를 숭배하는 예식이 하루 두 번 이뤄지고 있었다. 사라진 사람의 모든 재산은 정부가 거둬들였고 가족이 남겨졌더라도 함부로 그 재산을 취할 수 없었다. 정부는 정해진 기한까지 칩 등록을 마치지 않은 사람의 개인 재산은 한 푼도 인정하지 않겠다고 선포했다. 세상은 무질서와 혼돈의 늪에 빠지기 시작했다.

지구상에서 인간을 신으로 섬기는 나라는 북한뿐이었는데 이제 연방대통령을 신으로 섬겨야 할 때가 온 것이다. 사람들은 기한이 가까워질수록 공황 상태에 빠졌다. 화려하고 편리한 이점만을 동원해 유명 연예인을 모델로 매시간 광고를 쏟아 부었다. 주민등록증을 발급받지 않으면 시민이 될 수 없듯이 베리칩은 당연한 필수가 되었다. 베리칩을 거부하면 목 베임을 당하거나 개죽음이 기다리고 있으니 선택의 여지도 없었다. 궁지에 몰린 사람들은 체념하듯 칩을 받았다. 현대교회는 84%가 등록을 마쳤지만 나머지는 행방이 묘연했다.

정부가 준 기한이 끝났기에 이제부터 칩을 받지 않은 사람이 거리를 배회하거나 물건을 구입하려 한다면 바로 체포될 수밖에 없었다. 칩이 있는 자가 칩이 없는 자를 신고하면 포상금 또한 만만치 않았기에 표가 없이 거리를 다니는 것은 목을 내놓는 일이나 마찬가지였다. 도시의 빛깔도 회색을 띠기 시작했다. 아이가 교통사고로 목숨이 위태로워 응급실을 가려해도 표가 없으면 출입할 수 없어 부모와 아이, 모두 살기 위해 표를 받는 일도 자연스런 풍경이 되었다.

이제 모든 종교기관에도 획일화된 규제와 명령에 의한 복종만 있을 뿐이었다.

언제부턴가 칩 받은 사람들 몸에 악성 종양이 생겨나고 있었다. 사람의 유전자와 새로 입력된 기계적 유전자가 충돌을 일으켜 불치의 종양을 유발시켰다. 베리칩에는 세포조직에 잘 달라붙게 하는 바이오본드라는 접착제가 발라져 있다. 생체접착제가 살갗의 세포를 굳게 하면서 섬유육종암을 일으켰다. 커다란 종기 같은 악하고 독한 헌데였다. 어떤 이들은 그 괴로움이 심해 자기 혀를 깨물고 자살하려했지만 죽음이 그들을 피해갔다. 하나님을 욕하고 훼방하고 회개치 않으며 짐승처럼 울부짖었다. 이 암을 자세히 진찰하기 위해 MRI를 찍어야 했지만 MRI 기계 안의 강한 전류와 칩 내부 금속 간의 감전으로 중화상의 위험이 있어 찍을 수 없었다. 자동으로 충전되는 특수건전지인 칩은 전압의 차이로 합선되거나 강력한 전류로 인해 폭파되기도 했다. 또한 충전오작동으로 정신착란을 일으켜 미친 듯이 소리 지르는가 하면 강물에 뛰어들기도 했다. 인간자체가 다이너마이트 폭발물이 되었다.

온몸에 경련이 일어나고 똥물까지 게워내며 심한 고열에 시달리다가 혼수상태에 빠지는 사이보그 신종플루는 여러 합병증을 낳아 저주받은 천형의 질병이 되고 말았다.

신종 질병을 속 시원히 치료해주는 병원도 없었다. 가장 독한 슈퍼 항생제만 처방해주는 것으로 그쳤고 전염을 두려워하여 입원하는 것을 꺼리니 환자 스스로 고통을 떠안아야 했다. 정부에서는 언론을 탄압하는 일만 했다. 사이보그 멘탈증후군을 호소하는 사람들. 이성을 잃고 이유 없이 지나가는 사람들에게 시비를 걸거나 폭행을 일삼는 사건이 많아졌고 빛을 두려워하여 종일 방구석에 웅크리고 있는 사람도 늘어갔다. 기분 나쁘다는 이유로 사람을 죽이는 사건도 빈번하여 대낮에 다니는 것도 위험천만한 세상이 되고 말았다.

자연도 사람을 떠났다. 유익한 곤충은 멸종되었고 해충만이 들끓었다. 개체수가 증가한 변종매미나 바퀴벌레 등은 병원균을 옮기는 괴력이 이전보다 더 강력해졌다. 무엇이 자신을 클릭하는지도 모르는, 마우스의 화살촉에 따라 움직이는 기계적인 습성이 오히려 자연스런 인간이 되어가고 있었다. 베리칩으로 세상을 점령한 새 정부는 표가 없는 자들을 색출해내는 일에 총력을 쏟고 있었다.

강박사는 최목사를 산속 별장으로 불러들였다.

"최목사! 이렇게 조용히 부른 건 이제 우리 시대를 열고자 함입니다. 세계 종교는 하나로 통합되었고 새정부도 어느 정도 안정되었습니다. 세계는 연방대통령을 구주로 모시고 나는 아시아 총리가 되었으니 이제 내가 하는 말을 잘 듣고 합심하여 큰일을 도모합시다."

"저는 박사님을 위해 모든 것을 바칠 준비가 되었습니다."

"그래야지요. 명령에 토를 달지 않는 것, 그것이 세계를 하나로 이끌어나가는 원동력이지요. 아참, 오늘 나눌 기밀사항이 누설되면 최목사는 개죽음을 면치 못할 것입니다. 이 일은 나와 총리 그리고 최목사 밖에 아는 사람이 없다는 걸 기억하세요."

"네, 당연하죠."

"총리가 부활해서 연방대통령이 된 사실을 잘 알고 있지요?"

"네, 예수님처럼 부활한 사건이지요."

"그렇게 순수하게 믿어주는 사람들 때문에 세상을 호령할 맛이 나는 것입니다. 그날 세계 평화를 외치다 좌파세력에 의해 총에 맞아 죽은 총리는 사실, 내가 복제한 클론이었습니다. 미리 복제해 둔 클론을 단상에서 죽이고 진짜 총리는 숨겨두었다가 염을 하는 시간에 바꿔치기 한 것이지요. 부활의 기적을 만들기 위해 내가 꾸민 시나리오대로 완벽하게 일을 해낸 겁니다. 세상을 지배하는 것은 유럽연합이 아니라, 바로 보이지 않는 비밀 클럽! 블랙홀입니다. 블랙홀의 중심회원은 몇 안 됩니다. 블랙홀 안에 들려면 세상을 움직일 수 있는 강력한 힘이 있어야 합니다. 나처럼 뛰어난 천재라든가, 지구상에서 손꼽는 재벌만 들어올 수 있는 클럽이지요. 세계에서 추앙받는 위인 몇 사람도 우리 블랙홀 회원이지요. 겉으로 드러난 선한 이미지 뒤에 세상을 좌지우지하는 검은 손이 있다는 겁니다. 블랙홀이 한 번 결정한 사항은 회원이 직접 나서지 않습니다. 유럽연합이나 다른 정치 세력을 통해 조정하지요. 그러니 세상의 주인은 블랙홀입니다. 세계은행을 좌지우지 하는 것은 물론, 세계경제와 주가조작, 정치를 조종하고 있습니다. 앞에 나서서 일하는 인물은 우리가 만들어낸 꼭두각시라고 보면 됩니다."

"어찌 이럴 수가…"

최목사는 입을 다물지 못했다. 짜고 치는 고스톱이라더니, 그렇게 철석같이 믿었던 사건들이 조작에 불과했다니, 최목사는 넋이 나간 듯 멍하게 강박사만 바라보았다.

"또 한 가지 말씀드리자면 오늘날 연방대통령은 우리 클럽이 만들어낸 인물이기도 합니다. 그의 태생도 일반인과는 달라야 합니다. 레위인이 대제사장이 되는 것이 하나님의 뜻이 아닙니까? 대제사장은 세습제이기 때문에 대제사장 혈통을 이어야 합니다. 예수님 당시 대제사장이었던 가야바의 집이 발견되었고 그 지하에서 뼈가 나왔지요. 그래서 DNA 검사를 해서 그와 같은 유전자를 찾기 위해 전 세계에 흩어져있는 레위인들의 DNA검사를 했습니다. 그 중 가장 정확하고 우수한 인자를 가진 남자와 여자를 결혼시켜 태어난 아들을 교육시켰지요. 비밀리에 대제사장이 되도록 특별훈련을 통해 지도자로 만들어냈습니다. 어릴 때부터 세상을 지배하는 사상을 집어넣고 철저한 공산화의 원리를 훈련시켰습니다. 그 사람이 바로

레블린 총리입니다. 이미 세상을 다스릴 자가 오래전부터 검은 손
에 의해 길러지고 있었다는 것입니다. 옛날에 히틀러를 후원했던
단체이기도 합니다."

강박사는 최목사 귓가에 얼굴을 바짝 들이대며 나지막하게 말
했다.

"대제사장께서 나이 지긋하시니 앞으로 우리가 더 노력한다면
나에게도 기회가 오지 않을까 생각합니다. 총회장께서 내 옆에서
힘이 되어주세요. 내가 대중의 인기를 얻을 수 있도록 좋은 이미지
를 창출해 내시면 됩니다. 또한 자금이 우리 쪽으로 흘러들어올 수
있도록 사업구상도 도모해 보시구요."

최목사는 뭐가 뭔지 정리가 되지 않았다. 다만 세상은 누군가의
시나리오대로 흘러가고 있다는 것을 깨달았을 뿐이다. 통 유리창
밖으로 빗물이 들이치고 있었다. 꽤 많은 비가 쏟아질 것만 같았다.
최목사는 이 빗물로 지난날을 깨끗이 씻을 수 있으면 좋겠다고 생
각했지만 너무 멀리 와버렸다. 솔깃한 제안에 이끌려 걸어온 길은
가시덤불로 덮여 돌아갈 길이 보이지 않았다. 명령에 불복종한다면
처참한 죽음이 기다리고 있을 뿐.

갑자기 강박사가 무서워졌다. 식은땀이 등골을 타고 흘러내렸다.

"최목사! 너무 놀라지 말아요. 그렇게 되기까지 정치적으로 외압
이 있었습니다. 안 그러면 가장 유력한 후보에게 큰 자리를 내어주

어야 했으니까요. 먹히지 않기 위해 먼저 먹어야 하는 것입니다. 그 것이 정치 수단입니다. 우리가 그전에 해야 할 일은 일단 종교의 힘 을 하나로 모아 그것이 우리 세력에 배후가 되도록 미리 작업을 해 야 합니다. 최목사가 대 광장에서 집회를 인도하며 인간의 사상을 제국주의 사상으로 모아야 합니다. 그들을 공산화 시키는 작업이라 하면 설명이 쉽겠네요."

최목사는 충격이 가중되어 말을 잇지 못했다.

"난 최목사의 야망을 높이 평가합니다. 대의를 위해 작은 것을 쉽게 포기할 줄 아는 분이기에 제가 최목사를 선택했다는 것을 잊 지 마세요. 이제 세계를 넘볼 수 있는 높은 바벨탑이 우리 앞에 있 는데 무엇을 두려워하십니까?"

먼 길을 돌아간다면 어떨까, 돌아갈 힘이 없다는 것보다 돌아간 후의 외로움과 모든 걸 빼앗긴 허전함을 어떻게 견딜 수 있을까, 최 목사는 두려움에 눈을 감았다. 온몸에 힘이 빠져 나가고 있었다. 강 박사가 이미 조종해 놓은 코드에 따라 생각하고 행동하는 최목사는 자신이 누구에 의해 조종당하는지도 모른 채 살아오고 있었다. 혼 자 불구덩이로 가기엔 억울하다는 생각이 치밀었다.

"큰일을 도모하기 위해선 자금이 필수입니다."

"물론이지요. 바벨탑을 쌓는데 재력은 필수지요. 제3의 계좌에 넣겠습니다. 아참, 비밀번호는 0666입니다. 우리 새정부의 시크릿

넘버지요. 지금은 최고의 능력을 발휘하기 위해 마음껏 쓰십시오. 세상에 눈먼 돈을 긁어모으는 것도 다 능력입니다. 그리고 표 없이 달아난 자들을 한 명도 남김없이 잡아들여 표를 받게 해야 합니다. 표가 없는 자들이 언제 우리 뒷덜미를 칠지 알 수 없기에 미리 숙청하는 것이 현명합니다. 그러나 표를 받았는데도 말을 안 듣는다, 그럼 칩의 전원을 확! 꺼버리면 됩니다. 아주 심플하게 터치하면 사람 죽이는 거 어렵지 않습니다."

최목사는 자신에게 충성하는 자들을 앞세워 구체적 사항들을 실현시켜 나갔다. 그중 달아난 예수쟁이들을 붙잡아 들이는 것을 우선으로 했다. 최목사는 표 없는 영혼에게 표를 받게 하는 것이 멀리 와버린 자신의 길을 외롭지 않게 하는 것이라 여겼다. 사람을 찾기 위해 신기계가 도입되었다. 어디 있든지 생물체를 감지 할 수 있는 첨단기계로 많은 이들을 찾아내는 데 성과를 거두고 있었다.

오전도사 일행은 동굴에서 생활하였다. 양식이 없어질 것을 대비해 비번을 정해 칠흑처럼 어두운 밤에 식량을 구하러 다녔다. 밤에 그물을 쳐 놓았다가 새벽 4시경 고기를 거둬들였지만 배부를 정도는 아니었다. 죽지 않을 만큼만 허기를 채우고 견뎌야했다. 시간이 흐르자 그토록 순교를 각오하며 비장한 결심을 가졌던 그들 중 두 사람의 마음이 흔들리고 있었다.

"권사님, 하루하루가 지옥 같아요. 빛도 보지 못하고 희망도 보이지 않고, 마음이 자꾸 우울해지고… 이러다가 순교하기 전에 제풀에 지쳐 죽을 것만 같아요."

"잠자리도 불편하지, 제대로 못 씻고 제대로 못 먹어서 머리가 어질어질해. 꿈자리도 사나워. 금세 잡힐 것 같아 마음이 불안하고 초조해. 그나저나 표 받지 않겠다고 약속한 아들은 그 이후로 연락이 되지 않아 애가 타. 혼자 천국 가겠다고 빠져나온 어미를 원망하지 않을는지. 세상이 어떻게 돌아가는지 궁금하기도 하고 자꾸 겁부터 나."

그들은 오전도사와 안목사 눈을 피해 불평을 털어놓고 있었다. 불안한 분위기를 눈치 챈 안목사는 순교의 각오를 빼앗기지 않도록 성경을 보며 예배와 기도회로 영혼의 양식을 채워나가자고 말했다.

태어난 지 하루 만에 섬으로 온 아기는 이름도 없었다. 그래서 사람들이 이름을 지어주기로 했다. 안목사가 말했다.

"우리는 지금 오직 순교하여 천국을 가질 소망을 가져야 합니다. 저는 이 아기를 천국을 바라보자는 의미에서 소망이라고 하면 어떨까 하는데요."

모두 소망이가 좋겠다며 입을 모았다. 아이를 바라볼 때마다 사람들은 소망이란 말을 떠올렸다. 열흘 정도 지난 후, 만삭이 된 한 여인의 진통이 추운 동굴에서 시작되었다. 그들은 새 생명을 본다는 기대감에 산모의 출산을 도왔다. 남자들은 동굴입구에서 키우던

닭을 잡았고 땔감을 넉넉히 준비했다. 산모는 남편이 표를 받아 배도하였기에 만삭의 몸으로 도망쳤다고 했다. 모든 고통을 혼자 견뎌야 했지만 많은 이들이 가족처럼 출산을 위해 발 벗고 나서는 것을 보고 산모는 통증이 밀려오는 가운데서도 감사하다는 말을 아끼지 않았다.

드디어 진통이 잦아지자 여자 몇이 나가 산후조리에 도움이 될 만한 것을 구하러 다녔지만 별다른 것은 구하지 못했다. 땅이 얼어붙어 칡뿌리조차 캘 수 없었다. 세 시간의 산통 끝에 새벽 3시쯤 여자아이를 낳았다. 오전도사는 임산부가 동행할 것을 알고 미리 준비해온 미역을 꺼내 국을 끓였다. 2kg을 겨우 넘긴 아기는 저체중이었지만 건강하였다. 시험에 든 이집사와 최권사는 겉으로는 축하한다고 했지만 아이 울음이 동굴 밖으로 새어나갈까 가슴을 졸였다. 이 지경에 아이가 둘씩이나 있다는 건 아무래도 걸림돌이었다. 그날은 다행이도 그물에 물고기가 많이 잡혀 오랜만에 사람들은 만찬을 즐겼다.

오전도사는 주님으로 인해 오병이어의 기적이 일어났다며 아이 이름을 앞 자만 따서 오주라고 지었다. 생명의 신비를 통해 하나님을 기대하는 소망을 다시금 불러 일으켰다.

그들은 기운을 차리고 기도했다. 말씀을 붙잡고 예배에 정성을 다했다. 동굴 안에 있는 두 아기는 기도소리에 잠들고 찬송소리에 옹알이를 배워갔다.

오주 엄마와 소망이 엄마는 말도 못하는 아기에게 틈만 나면 가르쳤다.

"예수님이 오주를 위해, 소망이를 위해, 십자가에서 죽으시고 삼일 만에 부활하신 것을 믿습니다. 아멘. 할렐루야! 까꿍!"

아기는 아는지 모르는지 엄마가 웃으며 말할 때마다 까르르 옹알거렸다. 사람들은 아기들의 옹알이를 듣기 위해 둥그렇게 모였고 그로 인해 두려움을 잠시나마 잊을 수 있었다.

안목사는 틈만 나면 사람들을 둘러보며 기도해주었고 시험에 들지 않도록 다독거리며 쉬지 않고 성경을 가르쳤다.

"우리가 겪는 짧은 순교의 고통이 영원한 나라에서 얼마나 영광스러운 상급으로 누릴 수 있는지, 그것은 헤아릴 수 없을 만큼 크고 아름다운 생명의 면류관입니다. 우리 끝까지 순교하여 주님에 대한 우리의 사랑을 확증 받읍시다!"

두려움에서 벗어나기 위해 순교로 큰 상급을 받은 성경의 인물들과 주기철목사님, 문준경전도사님에 대한 삶을 나누며 마음의 준비를 하고 있었다.

사람들은 차라리 빨리 순교하고 천국 갔으면 오히려 좋겠다며 동굴에 숨어사는 괴로움을 말하기도 했다. 하루하루가 일 년 같이 두렵고 긴장은 더해만 갔다.

최목사는 많은 상금을 걸어놓고 행동요원들의 사기를 북돋았다. 돼지를 도살하는데 쓰이는 전기충격기로 사람들을 개처럼 끌고 와 고문하였다. 칩 받은 아버지가 받지 않은 아들을 고발하여 어린자식이 끌려오기도 하고 아들이 어머니를 신고해 노모가 끌려오기도 했다. 사람들이 보는 앞에서 잔인하게 고문을 하니 어떤 이는 극도의 공포 속에서 칩을 받겠다고 하는가하면 어떤 이는 끝까지 거부하며 마지막 단계인 목 베임을 당했지만 그 수는 얼마 되지 않았다. 잘려나간 목을 바구니에 담아 고문당하는 사람들 앞에 진열하였다. 처음 끌려온 이들은 바구니에 담긴 눈 뜨고 죽은 얼굴을 보며 비명을 지르기도 했고 고문 받는 것을 바라보다가 실신을 하기도 했다. 깨어난 사람들 중에는 실성한 듯 도망치려다가 결국은 표를 받겠다며 포기하는 이들도 생겨났다.

다른 한 쪽에선 여인이 십자가에서 고문을 받고 있었다. 옷이 찢어진 여자는 헝클어진 머리를 늘어뜨린 채 고개를 떨어뜨리고 있었다. 요원 한 명이 기다란 장대로 이마를 툭툭 치며 비웃듯 소리 질렀다.

"표를 받으면 너는 살 수 있다. 위대하신 연방대통령을 숭배하겠는가, 아니면 고깃덩어리가 되겠는가?"

잠시 정신을 차린 여자가 한 음절씩 찬송가를 부르기 시작했다.

"나 같은 죄인 살리신 주 은혜 놀라와…"

"독한 년! 이래도 그 주둥아리로 노래를 부르는지 좀 보자."

이성을 잃은 요원은 십자가 아래 석유를 부은 다음 멀찍이서 불씨를 던졌다. 거센 화염에 휩싸이자 보고 있던 사람들은 비명을 질렀다. 사람들은 살타는 냄새에 고개를 돌리고 코를 막으며 그 잔혹함에 치를 떨었다. 살이 녹아내릴 즈음 소화기로 불을 껐다. 타다 만 시신을 전시하려는 그들의 눈동자에는 지옥의 불꽃이 이글거렸다.

순교한 이들의 절규가 바람을 타고 허공 어딘가로 사라졌다. 그들을 바라보던 남은 자들은 하얗게 질려 있었다. 단두대 앞에서 줄을 서며 죽음을 기다리던 누군가가 소리 질렀다.

"이날까지 견뎌온 신앙의 정절을 두렵다고 한순간에 배도하는 일은 천국 문 앞에서 지옥으로 떨어지는 안타까운 일입니다. 끝까지 우리 순교하여 반드시 천국에서 다시 만납시다. 할렐루야!"

온 몸을 파르르 떨던 사람들은 우렁차고 담대한 목소리에 기운을 얻었다. 하지만 나 먼저 죽여 달라고 단두대 앞에서 애원한 사람은 몇 없었다.

"예수님, 내 영혼을 받아주소서."

나머지 사람들은 눈 하나 깜빡이지 못하고 입이 얼어 한마디도 꺼내지 못했다.

한편 표가 없는 자가 거리에서 빵을 훔치다가 요원에 의해 체포되었다. 그는 곧바로 밧줄에 묶여 자동차 뒤꽁무니에 매달린 채 끌려가고 있었다. 자동차가 달릴 때마다 사내는 걸레처럼 너덜거렸다. 온몸이 피투성이였다. 마치 쇠고기를 달고 달리듯 자동차는 보란 듯이 거리를 누볐고 길바닥은 떨어진 살점과 핏물로 흥건하였다.

많은 사람을 찾아 고문하고 죽이는 동안에도 오전도사 일행을 찾지 못한 최목사는 깊은 산 속과 오지에 있는 무인도를 비롯해 지하땅 속까지 샅샅이 뒤지라고 명령했다.

오전도사 일행이 피신한 섬은 사람이 살지 않는 무인도여서 한동안 감시에서 벗어날 수 있었다. 태어난 지 얼마 안 된 오주는 예방접종을 받지 못해 면역력이 약할 수밖에 없었다. 동굴 안에서 생활하다보니 빛을 제대로 보지 못해 시름시름 앓기 시작했다. 고열에 시달리느라 젖도 먹지 않고 밤낮 보채기만 했다. 가지고 온 항생제도 바닥이 났다. 열을 내리기 위해 옷을 벗겨 물수건으로 닦아 주었지만 아기의 울음은 동굴 천정을 치고 메아리가 되어 차갑게 되돌아왔다. 열 내리는 약초를 구하기 위해 오주 엄마가 동굴을 나가겠다고 하자 안목사가 말렸다.

"밝은 대낮에 나가시면 저들의 인공위성에 노출 될 수 있습니다. 날이 어두워지면 그 때 제가 나가 볼 테니 지금은…"

"목사님, 안돼요. 아기가 죽어가고 있잖아요. 예전에 친정아버지가 가르쳐주신 약초, 이름은 기억이 안 나지만 제가 보면 알아요.

그걸 구해올게요. 저도 어릴 적 그거 다려먹고 열 내린 적이 있다고 아버지가 말씀하셨어요. 금방 올게요. 우리 오주를 부탁해요."

간절한 오주엄마의 눈물을 외면할 수 없었다. 곳곳에 폭설 때문에 섬은 하얗게 눈으로 둘러싸였다. 가시나무에 찔리기도 하고 움푹 파인 웅덩이에 빠지면서 미친 듯이 산을 헤매었다.

인공위성에 한 여자가 포착되었다는 제보가 최목사 귀에 들어가자 급히 요원들을 섬으로 보냈다. 수색대원을 태운 헬리콥터가 섬에 도착했다. 요란한 프로펠러 진동이 느껴지자 사람들은 동굴 안쪽으로 달아나기 시작했다. 서둘러 더 어두운 곳으로 숨어들었다.

동굴 밖에서는 오주엄마가 생포되어 구타를 당하고 있었다.

"누구와 함께 있었는지 말해! 안 그러면 갈기갈기 찢어죽일 테니까."

"아무도 없고 혼자예요. 저 혼자 이 섬으로 도망 왔어요. 정말이에요."

지문을 스캔해서 이름을 알아내었다.

"작년 12월까지 산부인과에 다닌 기록이 있잖아. 어이, 뱃속이 비어 있네. 이래도 발뺌을 할 거야? 새끼 어디 있어?'

몽둥이로 힘껏 내려쳤지만 아무 말도 하지 않았다. 일부 대원과 섬을 뒤지던 수색견이 냄새를 맡았는지 동굴 쪽으로 방향을 바꿔 달려갔다. 옷가지를 물고 온 수색 견에게 머리를 쓰다듬으며 찾아오라고 하자 두 마리 개는 동굴 안으로 쏜살같이 달려갔다. 중간 쯤 사람들의 은신처를 발견했지만 아무도 없었다. 안쪽으로 도망가다가 갑자기 공기의 압력을 느낀 아기가 울기 시작했다.

인기척을 느낀 수색견은 아기를 향해 힘껏 덤벼들었다. 소망이 엄마와 집사 한 명이 뒤로 넘어져 아기를 놓쳤다. 굶주린 개들이 떨어진 아기를 순식간에 물어뜯었다. 파랗게 질린 울음소리는 더 이상 들리지 않았다. 한발 앞서 가다가 뒤돌아온 오전도사와 안목사는 옆에 있던 돌덩이를 들어 개들을 향해 힘껏 내리쳤다. 미친 듯이 돌을 던졌더니 바들바들 떨던 개가 혀를 내밀고 쓰러졌다.

개 짖는 소리 따라 달려온 행동대원들은 죽은 아기를 안고 있던 오전도사와 안목사에게 수갑을 채우려 했지만 완강히 거부했다. 소망이 엄마는 미친 듯이 아기를 보며 울부짖었으나 요원들은 미동도 하지 않았다.

"이놈들, 아기를 죽이고도 모자라 버리려는 게냐? 이 버러지들! 아기를 안고 가야하니 수갑은 나중에 차겠다."

매몰차게 오전도사의 팔을 때리자 아기가 떨어졌다. 수갑을 채워 바깥으로 끌고 나왔다. 숨죽이고 있던 오주엄마가 오전도사를 보자 울면서 소리 질렀다.

"전도사님, 우리 오주는요? 왜 소망이도 안보여요?"

"소망이와 오주는 먼저 주님 품에…"

"아, 악! 안 돼. 이 나쁜 마귀새끼들아! 내 아기 살려내!"

오주엄마가 아기를 찾아오지 않으면 혀 깨물고 죽겠다고 소리를 질러댔다. 생포를 하는 것이 목적이었기에 대장은 요원을 시켜 죽은 아기를 데려오게 했다.

피범벅이 된 아기를 안고 아기엄마들은 오열했다.

"이 짐승들아, 내 아기 살려내! 어떻게 이렇게 잔인할 수 있어? 어떻게!"

오주엄마의 절규는 하얀 섬을 붉게 물들였다. 죽은 아기를 안고 기도했다.

"주여, 아기 따라 저도 주님 곁으로 빨리 가고 싶어요."

"너희들 중에 이제라도 표 받을 사람은 앞으로 나와라. 그러면 산해진미를 당장 먹을 수 있고 아파트와 고급 승용차 그리고 포상금까지 넉넉히 줄 것이다."

그때 몇 사람과 함께 불만을 털어놓기 좋아하던 최권사가 바깥에서 대기하고 있던 요원을 보며 깜짝 놀라 소리쳤다.

"아들아! 네가 어찌 여기에… 내 아들 은찬이가 아니더냐?"

아들의 소식이 궁금했던 최권사는 행동요원이 된 아들의 모습을 보며 적잖은 충격에 휩싸였다.

"어머니! 어머니가 왜 여기 계세요? 얼마나 찾았는지 아세요? 뭐 하러 바보같이 고생만 하고 있어요? 고집부리지 말고 어서 표 받으세요. 얼마나 편하고 좋은데 이렇게 궁상맞게 있어요. 저는 며칠 전 최목사님의 추천으로 결혼도 했어요. 색시가 얼마나 예쁜지 몰라요. 어머니 빨리 이쪽으로 서 계세요. 제가 어머니를 집으로 모실게요."

"아들아, 그렇지만… 저 사람들은 지금껏 나와 함께 하던 사람들인데 어찌 그냥 두고…"

"그럼 같이 데려가요. 제가 고급아파트로 모실게요. 너무 야위셨어요."

"정말이냐?"

"어머니가 저들에게 속은 거예요. 이제 못 다한 효도를 할게요."

그 말에 갑자기 얼굴빛을 바꾼 최권사는 말했다.

"이집사! 박권사! 어서 와요. 우리가 속은 지도 몰라요. 우리 아들 말이 맞아요. 친부모처럼 모신다니까 어서 따라갑시다. 무서운 고문을 어떻게 견뎌요."

"권사님 안돼요. 배도하면 지옥입니다. 집사님! 안됩니다. 제발."

그들은 오전도사의 간절한 눈빛도 마주치지 않고 아들의 손을 잡고 배도의 길로 나갔다. 그토록 순교를 다짐했던 다섯 명이 산해진미를 택하고 말았다. 요원들은 헬리콥터로 생포한 사람들을 고문장으로 실어 나르기 시작했다.

보고를 받고 최목사가 몸소 고문을 하려고 달려왔다. 오전도사와 안목사 앞에서 당당하고 높은 지위에 앉은 자신을 자랑하고 싶었다. 자신의 선택이 결코 잘못되지 않았음을 이번기회를 통해 보여

주고 싶었다. 운동장 입구에는 삼겹살을 지글지글 굽고 있었고 통닭과 와인을 먹음직스럽게 세팅해 두었다.

아파트 계약서와 자동차 열쇠가 그려진 피켓을 들고 서 있던 요원들이 사람들의 팔다리를 모두 나무기둥에 묶었다. 운동장 가운데에 세워 사람들은 올 것이 왔다는 비장한 표정으로 마음을 굳게 하려 했지만 목이 있는 바구니를 보는 순간 다리를 바들바들 떨기 시작했다.

최목사는 그들을 향해 소리쳤다.

"하나님이 진정 살아있다면 당신들은 휴거되었겠지. 그러나 너희들은 이 세대에 버림받은 사람들이다. 나는 이 땅에서 선택되어 오늘날 세계 모든 종교를 이끄는 최고의 목사가 되었다. 개만도 못한 너희들은 이제 행복이 보장되는 칩을 받든가 아니면 처참한 죽음을 택해야 한다. 고통 없이 죽이지 않겠다. 끝까지 정부의 방침인 베리칩을 거부한다면 아주 잔인하게, 피를 말려 죽일 것이다."

표 받을 사람은 옆으로 나오라 했지만 아무도 움직이지 않았다. 최목사가 행동대장을 향해 눈으로 지시를 하자 요원들이 사람들 발등에 총을 쏘기 시작했다. 고통스러운 울부짖음이 운동장을 가득 메웠지만 포기하는 사람이 없었다. 최목사가 다시 오른팔을 들자 요원들이 오른팔을 향해 총을 쏘았다. 그때 안목사가 큰 소리로 말했다.

"최목사! 당신이 가진 복이 진정한 복이 아닌 것을 왜 모르나! 당신이 가진 부와 명예의 탐욕은 지옥의 열매임을 왜 모르냐 말이다! 너는 마귀의 앞잡이고 사탄에 의해 쓰임 받을 뿐이다. 우린 네 손에 죽지만 우린 천국이고 너는 지옥불이다!"

목이 터져라 외쳐대는 안목사의 말에 강렬한 힘이 느껴져 최목사는 이를 갈고 있었다.

"입 닥쳐! 찢어진 입이라고 지껄이기는! 모두들 잘 들어라. 이것은 철가시를 심어 놓은 판이다. 그동안 교만하고 잘난 척하던 오전도사를 가슴부터 다리까지 엎어놓을 것이다. 엎드린 자세에서 안목사가 그 위를 밟고 지나갈 것이다. 만약 오전도사를 밟지 않는다면 건장한 요원 두 명이 올라가 뛰기도 하고 밟기도 할 것이다. 만약에 지금이라도 표를 받겠다고 한다면 그 사람은 당장 살 수 있다. 선택은 너희에게 달렸다. 너희들이 생각하는 순교는 순교가 아닌 개죽음이다. 절대 쉽게 죽도록 하지 않을 것이니 잘 선택하도록."

사람들은 그들의 잔인함에 넋이 나갔다. 오전도사의 얼굴빛은 변함없이 담대한 모습이었다. 오전도사는 사람들을 향해 마지막 부탁을 하고 있었다.

"여러분, 저는 천국에 먼저 갑니다. 절대로 짐승의 표를 받으면 안 됩니다. 여태껏 우리가 싸워온 시간들이 수포로 돌아갑니다. 마귀에게 굴복하지 마시고 끝까지 순교해야 합니다. 고통은 잠깐이지만 천국은 영원합니다. 천군 천사들이 지금 우리 위에 와 있습니다. 주님도 우리를 맞이하고 계십니다. 여러분, 오직 예수뿐입니다. 우리 천국에 다 같이 올라갑시다."

오전도사는 있는 힘을 다해 사람들을 향해 외쳤다. 요원들은 오전도사를 빨리 죽이려 급하게 서둘렀다. 고문에 지친 몇 명의 사람들이 나지막이 찬양을 부르기 시작했다.

― 십자가를 질수 있나, 주가 물어보실 때 죽기까지 따르오리 저들 대답하였다 우리의 심령 주의 것이니 당신의 형상 만드소서. ―

한 쪽에선 총상을 입은 사람들의 비명소리로 인해 검은 공포가 내리눌렀지만 그들이 부르는 찬양은 저 높은 곳을 향해 울려 퍼지고 있었다.

"이것들, 입은 아직 살았군. 그만 두지 못해!"

흥분한 요원들은 채찍을 마구 휘두르다가 안목사를 끄집어냈다. 오전도사는 안목사를 바라보았다.

"목사님, 저를 밟고 지나가세요. 저 악한 자들이 밟는 것보다 목사님께서 저를 밟으시는 것이 제겐 더 은혜로운 순교입니다. 슬퍼하지 마세요. 고개 들어 하늘을 바라보세요. 주님이 우리를 데려가

시려고 마중 나와 계세요. 잠시 후에 천국에서 뵙시다. 두려워하지
말고 담대하세요!"

슬픔을 억누르지 못해 눈물이 폭포수처럼 흐르는 안목사에게 마
지막 말을 남기고 오전도사는 요원들에 의해 날카로운 가시 위에
엎드려지게 되었다. 핏물이 가시를 타고 흘러 내렸다. 오전도사는
숨을 들이쉬며 겨우.

"주여, 우리 모두의… 영혼을…"

남자 둘이서 안목사 양팔을 붙들고 오전도사 등 위로 올라가게
했다. 안목사는 눈물을 하염없이 쏟으며 오전도사의 등을 밟았다.
가련한 여인의 온몸이 터지자 안목사의 몸으로 피가 튀겼고 곁에
있던 요원들이나 사람들은 피와 비명으로 범벅이 되었다. 사람들은
울부짖으며 오전도사를 불렀다. 그때 최목사가 소리 질렀다.

"자, 표 받을 사람은 말하라. 당장 병원에서 치료도 받고 이 모든
부유한 혜택을 줄 것이지만 그렇지 않으면 오전도사와 같이 이렇게
죽게 될 것이다."

두려움에 떨던 사람들이 똥오줌을 지리기 시작했다. 한사람이 울
부짖었다.

"살려주세요! 제발, 살려주세요!"

요원들이 빠르게 그를 풀어주자 나머지 사람들도 살려달라고 여
기저기서 배도의 손길을 뻗고 있었다. 섬에서 배도한 5명을 포함
해 32명이 두 번째 장소에서 배도를 택하였다. 나머지 사람들은 보

혈 찬송을 부르며 순교의 각오를 흔들리지 않으려 이를 악물고 있었다.

오전도사의 주검에서 내려온 안목사는 땅에 내려와 배도하는 사람들을 향해 통곡했다.

"안돼요. 천국이 바로 눈앞에 있는데, 왜 주님을 다시 십자가에 못 박습니까? 그러면 절대 용서받을 수 없습니다. 지옥불이 기다리니 제발! 제발!"

안목사는 피범벅이 된 몸으로 사람들을 향해 소리쳤지만 이미 그들의 밧줄은 풀려지고 표 받는 곳으로 옮겨지고 있었다.

안목사는 처참하게 찢어진 오전도사를 향해 다시금 땅을 치며 울부짖었다.

"주여, 지난날의 이 죄인을 용서하시고 우리 오전도사의 영혼을 받아주소서. 남은 우리들은 배도하지 않고 주님 품에 안기기를 소원합니다. 주여!"

그 순간, 거기 남은 사람들은 보았다. 천사들이 둘러서서 피범벅이 된 오전도사를 일으키고 빛나는 흰 수건으로 닦아주고 있는 것을. 세마포 옷으로 갈아입은 오전도사는 예수님 옆에서 환하게 웃고 있었다. 천사들이 오주와 소망이를 안고 있는 것도 보였다. 아기 엄마들은 위를 바라보며 외쳤다.

"주여! 감사합니다. 감사합니다. 우리 아이 영혼을 받으시고 우리 영혼을 받으심을 감사합니다."

놀란 요원들은 뒤로 자빠져 두려움에 이를 갈았다. 최목사는 눈부신 예수님의 옷자락과 못 박힌 흔적이 뚜렷한 발등만을 보게 되었다. 안목사는 감격에 찬 눈빛으로 소리 질렀다.

"여러분, 주님이 우리를 데려가시려고 여기 와 계십니다. 우리, 끝까지 예수그리스도를 위하여 순교합시다! 순교합시다!'

순교합시다, 라는 소리가 쇠꼬챙이로 찌르듯 최목사의 머릿속을 쪼아대고 있었다. 머리의 전원이 꺼졌다 켜진 것 같은 충격에 입을 다물지 못했다. 최목사는 갑자기 엄습해오는 두려움으로 인해 눈동자가 멈추고 심장이 터질 듯 괴로웠다.

내가 지금까지 무엇을 했나
나는 누구를 위해 충성했고 무슨 짓을 저질렀는가
목사가 되어 예수이름만 팔아먹고 살았던 지난날이 왜 이리 선명하게 떠오르는가
내가 지금 죽이고 있는 이들은 나와 함께 하던 동료들이 아닌가
가룟유다의 은 삼십냥이 왜 내 손에 들려 있는가
주를 팔아먹은 짐승의 피가 왜 내 몸에…
이것이 꿈인가, 꿈이라면 돌아갈 수 있으련만…

안목사가 찬송을 부르기 시작하자 순교를 기다리던 사람들이 목이 터져라 한 목소리로 따라했다. 고문 요원들은 불에 타들어가는 개처럼 소리 지르고 길길이 날뛰며 떨어뜨린 총을 주워들었다.

"입 닥치란 말이야. 독종들아, 입 닥쳐!"

최목사의 지시가 없었음에도 불구하고 요원들은 미친 사람처럼 정신없이 방아쇠를 당기기 시작했다. 총알이 다 떨어지도록 가슴에, 머리에, 다리에, 온 몸이 뚫어지도록 사람들을 향해 발사했다. 화들짝 놀란 최 목사는 그들을 향해 달려가며 소리 질렀다.

"멈춰, 멈추란 말이야, 내 명령 안 들리나! 이 개새끼들아, 죽이지 말란 말이야!"

이미 늦은 것을 깨달은 최목사는 사람을 죽인 요원들을 향해 실성한 눈빛이 되어 총을 난사했다.

"죽이지 말라 했잖아, 이 지옥의 벌레들아!"

최목사는 얼굴에 튄 핏물을 닦으며 힘없이 총을 던졌다. 무릎을 떨어뜨리고 머리를 쥐어뜯으며 울부짖었다.

피를 토하며 쓰러진 요원들, 주검이 엎어진 운동장의 모래는 피에 젖어 질척거렸다. 최목사의 실성한 부르짖음만이 사망의 음침한 기운을 깨우고 있었다. 천사들도, 주님의 옷자락도 안개처럼 사라졌다. 혼자 남은 최목사는 잘린 목이 담긴 바구니가 놓인 단두대 앞으로 비틀비틀 다가갔다.

"나는 누구입니까? 사탄은 내 스승이고 나는 마귀의 앞잡이였습니다. 사탄은 천하만국을 내게 주었고 나는 많은 사람을 넓은 길로 인도했습니다. 당신은 내 아들이 병들어 죽어갈 때 분명 모른척 하셨던 분입니다. 그런데, 그런 당신이 이제야 내 앞에 보이는 까닭이 무엇입니까? 이제 나는 건너오지 못할 강을 건너고 말았습니다. 내 앞엔 유황불이 저토록 찬란하게 타오르고 있는데 아, 나는 어떡하란 말입니까?"

"…… 너무 늦었습니다."

단두대에 팔을 밀어 넣고 작동키를 눌렀다. 바구니에 떨어진 오른팔 손가락이 누군가의 마지막 명령을 실행하듯 잠시 까닥거렸다.

최목사는 콸콸 쏟아지는 피를 왼손으로 받아 허공에 흩뿌렸다.

"보십시오! 짐승의 피를… 이 피가 짐승이었단 말입니까? 그래요. 나는 당신을 팔아먹은 가룟유다…… 나를 끝까지 악하게 놔두시지요. 아무것도 깨닫지 못하고 그냥 그렇게… 악랄하게 살다가 죽게 놔두시지요. 두 번째 선악과는 왜 그렇게 먹음직스럽고 달콤

했을까요. 왜…"

......

담장밖에는 칩 받지 않은 사람이 발각되었는지 요란한 사이렌이
어둠을 가르고 군화소리는 저벅저벅 울타리를 스쳐 지나고 있었다.